Toxic Paradise

Panique au Manoir, coécrit avec Nadine Michel, roman jeunesse, Alice Éditions (Belgique), 2006.

L'île-aux-liens, coécrit avec Nadine Michel, roman jeunesse, Alice Éditions (Belgique), 2007.

33, chemin du Détour, coécrit avec Nadine Michel, roman jeunesse, Alice Éditions (Belgique), 2007.

Première partie

Journée verte par temps gris

Yves Beauséjour

Toxic Paradise

roman

éditeur

Catalogage avant publication de Bibliothèque et Archives nationales du Québec et
Bibliothèque et Archives Canada

Beauséjour, Yves, 1968-

   Toxic paradise

   (Romanichels)

   Texte en français seulement.

   ISBN 978-2-89772-039-1

   I. Titre. II. Collection: Romanichels.

PS8603.E396T69 2017   C843'.6   C2016-942330-1X
PS9603.E396T69 2017

Les Éditions XYZ bénéficient du soutien financier du gouvernement du Québec par
l'entremise du programme de crédit d'impôt pour l'édition de livres et de la Société
de développement des entreprises culturelles du Québec (SODEC). L'éditeur remercie également le Conseil des arts du Canada de l'aide accordée à son programme de
publication.

Financé par le gouvernement du Canada | Canadä

Édition: Marie-Pierre Barathon
Conception typographique et montage: Édiscript enr.
Graphisme de la couverture: René St-Amand
Illustration de la couverture: Tim Denison, iStockphoto.com
Photographie de l'auteur: Julie Artacho

ISBN version imprimée: 978-2-89772-039-1
ISBN version numérique (PDF): 978-2-89772-040-7
ISBN version numérique (epub): 978-2-89772-041-4

Dépôt légal: 1er trimestre 2017
Bibliothèque et Archives nationales du Québec
Bibliothèque et Archives Canada

Diffusion/distribution au Canada: **Diffusion/distribution en Europe:**
Distribution HMH   Librairie du Québec/DNM
1815, avenue De Lorimier   30, rue Gay-Lussac
Montréal (Québec) H2K 3W6   75005 Paris, FRANCE
www.distributionhmh.com   www.librairieduquebec.fr

Imprimé au Canada

www.editionsxyz.com

À Brigitte,
mon phare, ma lumière.

14 heures 20, 26 août 2001,
quelque part au paradis terrestre

J'habite en Amérique d'Hiver. Je vis sur un bout de terre où il n'y a pas de guerre, pas de lutte pour la survie, pas de combat pour l'affirmation de soi et même plus de foi. La paix y est convenue, les gens y sont gentils, les opinions y sont convergentes ; seule la mort fait peur.

J'habite en Amérique d'Hiver. Je vis sur un bout de terre où il n'y a pas de famine, pas de sécheresse, pas de pandémie et même plus de froid. La vie y est facile, le bonheur y est accessible, la consommation y est courante ; seul l'ennui est mortel.

En somme, le paradis a un nom : l'Amérique d'Hiver. J'y suis né. Le sort en a décidé ainsi. Dans un avenir très lointain, j'y mourrai. Maurianne en a décidé ainsi. Il est vrai que la mort n'a rien de séduisant quand on connaît déjà le paradis. Que retrouverons-nous, pauvres profiteurs, lorsque nos âmes larvées quitteront nos corps lardés ? L'enfer ? Et puis, il y a tant de choses à faire en Amérique d'Hiver. Si nous pouvions vivre deux cent quatre mille ans, nous serions certains d'avoir tout vu, tout consommé et tout épuisé dans cet éden nordique. Mais la vie est courte, le temps est sans pitié, et la course effrénée sur la route du bonheur est éreintante et fatale. Alors, c'est pourquoi…

Au nom de la forme physique, je dévale un sentier d'hébertisme. Selon un rapport de l'institut de recherche en santé publique de l'université Pacotille (à laquelle appartient la base de plein air sur laquelle je m'époumone), l'air pur et un parcours bien corsé constituent les éléments essentiels à la santé du corps et de l'esprit. C'est une question de rendement cardiovasculaire et d'oxygénation du cerveau. Il paraît qu'on peut même éprouver une certaine jouissance à traverser ces sentiers hostiles qui vous en font baver jusqu'à la lie. Que voulez-vous, le plaisir ne se définit pas toujours par la sensation que procure une douce caresse; il se traduit aussi par le soulagement qu'on ressent quand on cesse de se frapper la tête contre un mur. Vive la perversion!

Or, je ne suis pas un pervers, donc je ne m'amuse pas. Mes chevilles me supplient à genoux d'arrêter cette escapade en forêt. Je ne fléchis pas. Je persiste. Ce n'est pas de la perversion. C'est une question d'honneur.

Au loin, j'entends les cris délirants du troupeau d'adolescents auquel Maurianne et moi avons été jumelés en début de parcours. Nous en avons à peine franchi le premier kilomètre que déjà nos *co-hiberteurs* nous distancent par dix mille enjambées. C'est un véritable affront à nos corps d'athlètes.

Comme tout le monde, j'ai ma fierté. Je monopolise mes dernières forces vitales pour rattraper ces jeunes boutonneux. Hors d'haleine, je franchis chaque obstacle avec la détermination d'un athlète olympique. Je jure que rien ne m'arrêtera. Je vaincrai ou j'en mourrai!

Mes efforts sont vains. Je n'en peux plus. Mon corps me rappelle à grands coups de détresse respiratoire que je suis hors jeu. L'honneur, ce sera pour une autre fois. À une trentaine de mètres de mon point de capitulation, mes compagnons de fortune s'éloignent avec la fébrilité imputable à leur jeune âge. J'ai vingt-cinq ans aujourd'hui et je suis déjà vieux.

Devant moi, il y a Maurianne qui tente de gravir une palissade de bois. Elle a vu les biches de notre ex-cheptel effectuer l'ascension de deux mètres en quelques secondes. Elle croit pouvoir réaliser l'exploit sans mon aide. Tant pis. Elle se heurtera à une importante loi de la physique : la force d'attraction est directement proportionnelle à la masse.

— Maurianne, contourne le muret ! Il va finir par avoir ta peau.

— Plutôt mourir.

— C'est un choix comme un autre…

Maur n'écoute jamais mes judicieux conseils. Elle est sourde à la raison et préfère les périlleuses expérimentations. Un jour, ça la perdra. En attendant ce moment fatidique, je reste debout, les bras croisés, les jambes tremblantes et j'assiste impuissant au spectacle d'un corps désincarné luttant contre sa nature. C'est insupportable. J'implore tous les dieux de sa mythologie pour que la raison la contraigne à l'abandon. C'est pernicieux de prôner la lâcheté au détriment du courage, mais c'est ainsi. Je ne prêche jamais pour la vertu et autres débilités qui tentent d'élever l'être humain au-dessus de ce qui est naturellement humain. L'homme est un paresseux capiteux. C'est une évidence. Malheureusement quand Maurianne comprendra ça, elle sera déjà morte au pied du mur.

Il faut que j'arrête de tout voir en noir. Que peut-il lui arriver de grave ? Avec un peu de malchance, elle s'en tirera avec quelques écorchures. Après, nous rentrerons gentiment dans notre nid douillet et oublierons cette mésaventure en forêt.

D'ailleurs, l'heure de l'abandon va bientôt sonner. Les signes avant-coureurs sont manifestes : Maur demeure immobile, la poitrine plaquée contre le muret de la honte et les yeux fixés au ciel. Est-ce la fin du cauchemar ?

Au moment de rendre grâce aux entités célestes pour faveur obtenue, ma jolie remet ça de plus belle. Elle y ajoute même des jurons. Plus ça va et plus ses blasphèmes ressemblent à des incantations vaudoues dont le charme aurait pour effet d'anéantir toute forme de vie à des milliers de kilomètres à la ronde. Ce n'est pas joli. L'orgueil est un vilain péché.

Maurianne doit se rendre à l'évidence : elle ne possède plus l'agilité des nouvelles âmes. Elle aura vingt-neuf ans dans moins d'un mois et en dépit de ses imprécations de doudou haïtienne, c'est ma mec à moi.

Maur s'égosille d'un cri déconcertant. Elle roue la palissade de coups de pied et de coups de poing. En se blessant, elle change de registre : elle gémit de douleur. L'orgueil est vraiment un vilain péché.

— Contourne-le, ce sacré muret ! On ne va quand même pas y passer la journée.

— Tu m'énerves !

Je ne chercherai plus à intervenir. Lorsque ma diablesse entre dans cette phase d'entêtement anal, vaut mieux garder ses distances. J'utiliserai donc mes dernières énergies pour dénicher un endroit où agoniser en paix, bien à l'écart de ma Maur.

Sur le bas-côté du sentier, un rocher se dresse au milieu d'un cimetière de bouleaux. Même si l'endroit semble inatteignable, je tente d'y accéder. Au passage, je remarque une peuplade d'ouvrières à six pattes qui s'affairent à décapiter une carcasse velue. Le spectacle est horrifiant. Ceux qui parlent de la beauté de la nature n'ont jamais assisté au ballet nécrophage des fourmis. D'ailleurs, je dois éviter de rester coincé dans ce merdier. Avec mon teint blafard, ces vilaines petites bêtes vont vouloir me faire la peau.

N'écoutant que le vent sifflant entre mes deux oreilles, je m'élance sur la talle de bois mort, tel un funambule obèse sur un câble de porcelaine. Chaque craquement inquiétant que provoquent mes pas me rappelle mon surplus de poids et ma très grande stupidité. Je jure que si j'atteins ce rocher en un seul morceau, j'y prends racine !

— Mais qu'est-ce que tu fous, Christophe ?

— Je vais chercher du bois pour ériger un camp. Tu vois, à la vitesse à laquelle tu franchis chaque obstacle, il serait prudent de se préparer pour l'hiver.

— Va chier !

À la base du roc, il y a du lichen et autres dégueulasseries vertes qui m'incitent à la prudence. Je veux monter sur le gros caillou, mais sans m'érafler les genoux.

J'examine le dolmen sous tous ses angles et sous toutes ses fissures. J'étaye quelques stratégies d'escalade afin d'arriver au sommet. Je perds de précieuses minutes de ma vie à chercher le moyen idéal de gravir ce granite infect comme si c'était une chose importante à réaliser. Voilà une situation qui résume bien l'existence humaine :

un ramassis de gestes inutiles pour accomplir un destin voué à l'oubli. Chienne de vie!

Bon, tant pis. Quand il le faut, il le faut.

En dépit de mes savants calculs, j'échoue à répétition. J'imagine le spectacle que nous offrons, Maurianne et moi : deux balourds pathétiques qui tombent et retombent comme des masses sans substance, du dos d'obstacles aussi insignifiants qu'un rocher et un muret de bois. Ma raison claironne : « Abandonne, abandonne, sombre abruti! Va t'asseoir par terre dans le sentier, comme le feraient les débris de ton espèce! » Il n'en est pas question. J'escaladerai ce galet maudit même si je dois y laisser ma peau. Ce n'est pas de l'orgueil ; c'est une question de fierté. Amour-propre, quand tu nous leurres…

Par miracle, je réussis à me hisser au sommet du galet sans me tuer. Il n'y a qu'une trace de sang clair qui reluit sur la pierre, don involontaire de mon coude gauche. Je contemple ma chair entaillée comme le ferait le pire des garnements après une escapade en zone interdite. C'est une blessure de guerre que j'exhiberai à chaque fois que Maurianne me parlera de mise en forme.

Debout sur le rocher, j'essaie de localiser nos ex-camarades d'expédition. La nature s'évertue à brouiller les pistes. Je ne vois que de la broussaille, des arbres et encore de la verdure. Cette fois-ci, notre retard est tellement insurmontable que même le moniteur du groupe ne daigne plus nous attendre. Tant mieux.

— On devrait rentrer. Il n'y a plus de formes de vie.

Ma proposition demeure sans écho. La torture se poursuivra jusqu'au dernier souffle de ma Maur. C'est gai.

Après avoir posé mon gigantesque séant sur la pointe du roc, je prends une bonne bouffée d'air. Des douleurs lancinantes m'assaillent instantanément. Je souffre un calvaire indescriptible. C'est le prix de la lâcheté. « Un esprit sain dans un corps sain », clament les fascistes du conditionnement physique. On verra bien. En attendant les effets bénéfiques de ce chemin de croix, j'ai l'impression d'avoir vieilli d'un autre quart de siècle.

— Maurianne, au lieu de t'acharner sur du bois mort, ça te dirait un retour à la nature ? Moi Tarzan, toi sans-gêne ?

Elle m'observe du coin de l'œil et me tend un doigt obscène. Puis, résignée, elle contourne l'obstacle en ramenant sa tignasse d'encre devant son visage. Maur a enfin perdu ce petit sourire allègre qu'elle s'accroche en société. C'est tant mieux. Je déteste cette grimace inspirée par le douteux désir de plaire, même quand l'ennui et la souffrance sont commis d'office.

— Tu veux ma photo ? Trou du con !

Ouais, il n'y a plus de doute possible, le masque de jovialité est vraiment tombé. Ma diablesse fulmine, courroucée par son cuisant revers et mes boutades désobligeantes. C'est bien fait pour elle et tant pis pour moi. Mon anniversaire se transforme peu à peu en enfer. J'ai un quart de siècle aujourd'hui et je n'arrive pas à m'y faire.

14 heures 30, 26 août 2001,
quelque part entre un muret et un rocher
Une vague humaine se brise sur le muret de la honte. Ces jeunesses semblent encore plus vigoureuses que notre

ex-groupe. Maurianne me signe qu'on doit s'activer. Elle veut rattraper notre peloton de départ et prouver qu'elle vaut plus que ces jouvencelles de bonnes familles. Je veux mourir.

J'évite son regard en me concentrant sur un point fixe et sans intérêt. J'espère que par ce geste sans subtilité, elle comprendra que je ne bougerai pas d'un poil. Elle m'engueule en créole. On ne rit plus. Lorsque ma jolie puise dans ses lointaines racines antillaises pour m'injurier, c'est qu'elle est très en colère. Je suis persuadé qu'elle profite de cet atout linguistique pour transgresser les limites de la décence. Elle doit m'insulter, me vilipender, me crucifier sur l'autel des incapables, des propres à rien et des cinglés. Enfin, j'imagine. J'agirais de la même manière à sa place.

En dépit de ses protestations, je ne remue pas le petit doigt. Il est hors de question de reprendre le sentier de ma mise à mort, même si c'est pour mon bien. De toute façon, il n'y a plus un muscle de mon corps qui répond.

Mon immobilité rend dingue ma Maur. Je la sens sur le point de commettre l'irréparable. Elle est sûrement à deux orteils de me botter le derrière. Elle n'en fera rien. Elle cesse de hurler ses horreurs et va s'adosser à un arbre. Je n'ose pas crier victoire. Je me considère dans l'œil du cyclone. Les prochaines heures risquent d'être aussi sombres qu'une nuit sans lune.

En attendant la tempête, je profite de mon petit sursis pour tirer le joint de marijuana subtilement dissimulé dans mon short. Avec ce bâton médicinal, je devrais peu à peu brouiller mon esprit et combattre les douleurs qui m'accablent. En fouillant dans mes poches, je me rends compte que mon briquet manque à l'appel. Comme le disait si bien ma mère: «Après la tornade, tombent les débris.»

Je veux du feu. C'est dans ce genre de situations que je doute de l'évolution de l'espèce humaine. Je suis instruit, cultivé, l'exemple même de ce que toute société moderne produit en surcapacité, et, pourtant, je suis incapable de faire un feu. C'est *homo erectus* qui rigolerait!

Maur semble vouloir me foutre la paix pour de bon. Ses gestes ont acquis la lenteur léthargique de l'abandon. Son arrière-train atterrit au pied d'un arbre. La victoire est totale. Nous rentrerons bientôt à la maison. Je nage en pleine allégresse. Et pourtant… ce doux triomphe est gâché par un puissant sentiment de culpabilité. Je me sens responsable de l'échec de cette activité. J'aurais voulu être à la hauteur du défi que représentait ce sentier réservé aux débutants, mais je n'y peux rien. Je suis un fainéant congénital et un disciple de l'inertie. Lorsqu'on me bouscule, je tombe et ne me relève plus. Maurianne m'a sorti de mon atonie pour la confronter à cette course à obstacles. Comme il fallait s'y attendre, j'ai failli à la tâche.

14 heures 40, 26 août 2001,
quelque part entre l'arbre et l'écorce
J'ai hâte de regagner mon univers. J'estime que nous aurions pu passer de meilleurs moments chez nous. En ville, les trottoirs sont dans un tel état qu'une simple marche représente un défi aussi rehaussé que ce bourbier de montagne, mais comme Maurianne voulait absolument se retrouver dans un cadre champêtre pour se livrer

à cette sinécure de mes deux… Nous y voici ! C'est tout un cadeau d'anniversaire.

Je suis un monstre d'ingratitude. Il est si facile de critiquer ceux qui prennent des initiatives. Ma belle enquiquineuse ne doit pas porter le blâme de ma mauvaise humeur. Mes insatisfactions n'ont qu'une seule origine : ma faiblesse et mon à-plat-ventrisme lâche et bête. Je m'explique.

Si j'ai accepté de me prêter à cette activité de plein air, c'est parce que je sentais que c'était important pour ma Maur et que si je disais non, elle m'aurait cassé les oreilles pour le reste de ma vie avec cette histoire de remise en forme. Non. Ce n'est pas exactement ça. C'est plus pathétique.

La réalité de notre couple se traduit par un facteur d'équivalence assez simple : Zéro Opposition (de ma part, bien entendu) égale Harmonie Totale. Pour les zélés d'algèbre, traduisons cette affirmation ainsi : $(ZO\ (xy)) = (HT(la\ paix)\ (xx))$.

Peu importent les propositions de Maurianne, je dis toujours oui. C'est une manière de la rendre heureuse et d'acheter la paix. Or, mon expérience prouve que d'accepter tout ne m'amnistie en rien. Je n'échappe qu'à mes propres désirs, qu'à mes propres besoins, qu'à ma vie.

Sur ce coup, il est évident que je n'ai pas réussi à combler ma beauté des Îles. Elle devrait pourtant se rendre à l'évidence : je n'ai rien d'un triathlonien ni d'un amant de la nature. Je déteste la campagne. Je préfère de loin la fébrilité des grands carrefours à la tranquillité immobile de la forêt. En ville, je peux vivre mon inertie sans jamais avoir l'impression de passer à côté de l'action.

Tout bouge sans qu'on ait à faire quoi que ce soit. Si je n'agis pas dans ce trou de verdure, je serai dévoré par l'angoisse du silence ou par les charognards qui rôdent dans l'ombre.

Je raconte des bêtises. Je pourrais endormir ma conscience avec n'importe quelle justification pour taire les raisons de ma répulsion pour l'activité physique. Disons simplement que j'en suis venu à la conclusion qu'il est vain de tenter de vivre sainement. Depuis ma naissance, j'ai été exposé à tant de choses immondes que je me demande comment j'ai survécu, et surtout, comment je finirai. Les gentils scientifiques découvrent jour après jour combien nous avons été manipulés comme des cobayes par les apprentis sorciers de la science et de la technologie. L'humain, tel que nous l'avons connu, est une espèce en voie de disparition. Nous sommes maintenant une race de zombis acidulés, au flux sanguin hydrogéné.

En plus, aujourd'hui, tout est malsain. Le soleil tue, l'eau tue, les fruits et les légumes aromatisés aux pesticides tuent, la viande traitée aux antibiotiques et aux hormones de croissance tue et même le sexe tue. Je suis certain que, dans quelques années, ils en viendront à la conclusion que trop prendre soin de son corps provoque des décès prématurés. Je retiens celle-là pour Maurianne.

Je dis n'importe quoi. Je nage en plein délire. C'est dû à un triste constat : le postmodernisme est la dernière étape avant la destruction de l'humanité. C'est vrai. Qu'est-ce qui vient après le postmoderne ? Il n'y a rien. Enfin si, il restera à faire un post mortem de notre monde. C'est forcé. L'exemple de Tchernobyl devrait nous convaincre qu'il est insensé de croire à la pérennité de la race humaine. Quelque chose nous explosera à la gueule et ce sera la fin de l'Homme. C'est pour cette raison que je préfère me complaire dans les lamentations de ma génération perdue. J'aime croire que notre temps n'est pas celui de la société de loisirs telle qu'annoncée par nos prédécesseurs. Je m'efforce d'admettre que notre époque est celle de la précarité avant l'apocalypse.

C'est pourquoi aujourd'hui je m'insurge contre toute tentative de mise en forme. Je serai obèse avant mes trente ans, diabétique ou cardiaque. J'ai de l'ambition. Les tentatives de ma Maur pour me préserver ne sauraient rien changer à mes aspirations. Je crèverai gavé, faisandé et chauve !

Avec tout ça, j'ai maintenant la conscience tranquille. La culpabilité issue de mon inaptitude à me mouvoir a pâli devant mon plaidoyer pour l'immobilisme. Mais ce laïus insipide provoque un effet secondaire indésirable. Une angoisse indescriptible m'envahit. L'idée de la mort me travaille au corps comme une mitraille de pugiliste. La perspective d'une fin prématurée dans la souffrance et l'oubli me terrifie.

J'essaie de penser à quelque chose de gai. Je regarde un oiseau. C'est beau, un oiseau. C'est sans malice, un oiseau. C'est la candeur incarnée, un oiseau. Le joli volatile atterrit près de ma tendre folle. Il picore le sol avec avidité. Il en tire un lombric et l'avale d'une traite. C'est cruel, un oiseau. C'est dégoûtant, un oiseau. Maudits soient les oiseaux !

Je sens des palpitations dans ma poitrine. Ma cage corporelle se comprime et étouffe mon esprit. Je ne veux pas succomber à une crise d'anxiété. Je respire à fond en me fredonnant des chansons de Trenet. L'antidote est efficace. Je vois « la mer et ses golfes clairs ». Je vais un peu mieux et tente même de savourer ma victoire sur ma Maur. J'affiche un sourire idiot en lui faisant des yeux doux. Elle, elle somnole assise sur un tas de brindilles de pin blanc. Elle est exténuée, vidée et ne me voit pas.

Mon exercice d'abrutissement s'amenuise sous le poids du silence. Je suis encore troublé par des idées noires. Je voudrais *marijuanner*, mais je n'ai pas de feu. Je tente de *trenetter*, mais les paroles de ses chansonnettes s'envolent aux quatre vents. Coincé entre la dure réalité de la vie et l'insupportable futilité de l'existence, je craque.

Je veux m'évader à tout prix. Je cherche une terre d'exil où ma cervelle se griserait de nuages roses, de soleils d'argent et de désirs éternels à jamais assouvis. Mes yeux s'attardent un moment sur Maurianne. Une pulsion de vie me parle de désir. Je la désire !

Je ne *marijuannerai* pas, je veux *maurianner*, m'enfoncer en elle pour le plaisir, pour le frisson, pour la jouissance de la vie. Je veux que mon corps appesantisse mon esprit et le fasse devenir chair à ne plus voir clair. Je me calme. La perspective d'un corps à corps apaise mon affliction. Je respire très fort, très très fort. Me voilà étourdi. Saleté d'air pur !

14 heures 50, 26 août 2001,
quelque part entre l'apocalypse et l'armistice
Il y a une légère boursouflure sur mon bras gauche. Probablement une piqûre d'insecte qui s'est infectée.

Voilà ce qui arrive lorsqu'on change d'environnement un indécrottable citadin. Ici, il y a une kyrielle de petites bêtes qui n'attendent que la venue d'un organisme de mon espèce pour lui administrer une saloperie à faire rougir de peur. Quel enfer ! En ville, il n'y a plus rien de vivant, mis à part les rats d'égouts, les chats de gouttière et les autres domestiqués du genre. Il n'y a rien à craindre là-bas. Je veux rentrer chez moi.

Maurianne sort de sa torpeur. Elle se relève péniblement. Puis, comme une marmotte sortie de terre, elle caracole lentement vers mon repère. Au bout de quelques pas, elle renonce à me rejoindre et s'affale sur un tronc d'arbre abattu.

Une nouvelle meute de louveteaux franchit la palissade de la honte en quelques secondes. C'est beau la jeunesse. C'est bruyant aussi. Heureusement, leurs éclats de voix s'éloignent de notre point d'arrêt tel un orage poussé par le vent. En un instant, la nature retrouve ses murmures feutrés par la poussière d'azur. Mais cette douce accalmie connaît une fin abrupte.

Maur hurle avec autant d'ardeur qu'une possédée. Des petites bestioles ont foulé sa peau. Je glousse comme une dinde ; elle piaille comme une poule. Nos bruits de basse-cour font surgir le moniteur du groupe précédent.

— Mais qu'est-ce qui se passe ici ?

Ma jolie forcenée *créole* en se frappant tout le corps de la même manière qu'elle tapote sur son clavier.

— Merde, Christophe ! Fais quelque chose !

— Je veux bien, mais je suis si bien ici, et puis…

Maur enlève son dossard jaune criard et laisse apparaître son chandail gris souris. Ses hurlements se commutent instantanément en grincements de dents. Après une petite danse de Saint-Guy, elle retire son chandail et son cuissard, puis sautille sur place en implorant le ciel pour que les vilaines petites fourmis déguerpissent.

Je laisse un délai raisonnable s'écouler avant d'intervenir. Hésitant, le moniteur m'interroge du regard. Je sais, je sais, il faut agir… Je l'invite à s'approcher de la bête en évitant tout geste brusque. C'est grotesque!

Même à trois mètres du fauve, nous pouvons constater l'ampleur de l'invasion. D'un commun accord, le moniteur et moi saisissons Maurianne et l'entraînons vers la rivière bordant le sentier. Nous la balançons à l'eau comme on lance un sac de sable sur une digue de fortune. Ma panthère multiplie les rugissements et les jurons. Puis, elle fond en larmes, le cul baignant dans le courant tiède du torrent. Elle est humiliée. Elle arrose tout ce qui bouge. Me voilà trempé, le moniteur aussi. Nous n'avons qu'à bien nous tenir.

Maur dissimule ses parties intimes de ses mains tremblantes. Ainsi prostrée, elle ressemble à une madone éplorée. Je ne l'ai jamais vue aussi vulnérable. Je voudrais incendier cette base de plein air et ramener Maur dans mes bras pour que cette humiliation s'arrête. Elle cessera.

Mue par une rage soudaine, Maurianne décoche une série d'injures épicées destinées aux jeunes énergumènes dissimulés derrière les buissons. Les voyeurs ne semblent pas impressionnés par les invectives et s'esclaffent même en les entendant. Là, je suis vexé.

Devant le crescendo de l'esclandre de ma furie, le moniteur finit par ordonner à sa horde de petits pervers de déguerpir. Ils s'exécutent tous en un beuglement railleur qui alimente ma colère grandissante face à cette activité de merde.

Après avoir secoué son cuissard, Maurianne l'enfile comme un câble dans le chas d'une aiguille. La contorsion dure une éternité.

— Tiens, Maur, prends mon chandail.

— NON!

— Allez, mets-le.

— Il est mouillé à l'encolure.

— Je sais, mais avec le raz-de-marée que tu as provoqué, tu as complètement imbibé le tien. Allez, prends le mien… Mon petit ouragan adoré.

— Va chier!

— Tu pourrais rester polie.

— Va chier!

— Eh ben dis donc, tu as la répartie récurrente aujourd'hui.

Maurianne ouvre la bouche, puis, après une brève réflexion, elle décide de laisser flotter un long silence. C'est de mauvais augure. Une amorce de dispute qui s'interrompt ainsi à mon avantage laisse présager une contre-attaque musclée. Crevons l'abcès.

— Allez, couvre-toi avec mon chandail! Tu ne vas tout de même pas rentrer à la base en soutien-gorge? Les gens pourraient s'imaginer que nous sommes venus dans les bois pour nous livrer à un autre genre d'activité.

Maur se détourne de moi, remet SON pull avec rage puis s'engage vers le sentier menant à la base. Je la regarde s'éloigner un moment, histoire de laisser passer la tempête. Un bruit d'éponge comprimée accompagne chacun de ses pas. C'est une étrange musique qui diffère de sa *créolerie* habituelle. C'est inquiétant! Je hais son silence. J'abhorre ses colères muettes. J'encaisse mieux ses injures que son mutisme lapidaire. Je ne veux pas que nous en restions là. Je m'empresse de la rejoindre. Je ne souhaite pas la provoquer en restant dans son champ de vision, mais c'est plus fort que moi. Je me veux à ses côtés. Je déteste qu'elle m'ignore.

Au cœur de cette forêt boréale, une étrange vision s'empare de mes sens. Le sentier se juxtapose à un autre où le paysage est d'une confondante ressemblance. Seuls des bruits d'une rare sauvagerie viennent troubler la quiétude des lieux. Sont-ils réels?

J'identifie le mal qui m'assaille. Mon esprit déraille. Des sueurs froides me font trembler de tous mes membres. Mes yeux s'embrouillent. Mes genoux fléchissent. J'essaie de rationaliser le phénomène. Rien à faire. Mes sens se moquent de moi. L'impact de mes pas n'a plus de résonance. Les bruits se métamorphosent en voix murmurant des mots inintelligibles. Ma vision s'embrume. Puis, tout devient assourdi, tout n'est que vertige.

Maurianne constate mon affolement. Malgré le grief qui l'incite au silence, elle me demande si je vais bien. Aussitôt, le biais perceptuel s'efface, les voix se taisent et la sensation de détachement de la réalité s'estompe.

— Christophe, t'es tout pâle.

Sa colère se commute en sollicitude. Je la rassure tant bien que mal en lui parlant de chute de pression. Elle gobe le tout avec un scepticisme évident. Je me sens maintenant en observation. Mon visage est tendu comme un ressort. J'essaie d'y accrocher un sourire.

C'est peine perdue. Ça n'ira vraiment que pour un moment.

Au cours de notre retraite, je me répète que tout va bien. Je psalmodie la même bêtise comme à chaque fois que ce trouble perceptuel se manifeste : « Tout va pour le mieux dans le meilleur des mondes, je suis bien, tout va rentrer dans l'ordre. »

Quand je n'étais qu'un gamin, je m'évanouissais souvent en éprouvant ces brouillages sensoriels. Un médecin bienveillant et d'une compétence hors de tout doute conseilla à mon entourage de m'envoyer courir dehors. Selon lui, il me fallait évacuer un surplus d'énergie. Diagnostic : hypomanie agitatrice. L'enfant qui passait la majorité de son temps affalé sur un divan était soudainement devenu un phénomène hyperactif. D'accord.

15 heures 05, 26 août 2001, constat d'infraction
Nous rentrons dans le bâtiment central de la base de plein air. Le coordonnateur des programmes récréatifs et de conditionnement physique (titre pompeux pour désigner celui qui reste tranquillement assis dans son bureau pendant que ses collègues se tapent les sales besognes) me jette un regard préoccupé. Je m'applique à faire diversion en lui parlant de la mésaventure de Maurianne.

Malgré l'inconfort de ses vêtements détrempés, ma pie adorée entreprend le coordonnateur comme je l'avais prévu. Elle lui raconte dans les moindres détails les péripéties de notre randonnée. Son sens de l'exactitude me surprendra toujours. Je ne pouvais pas soupçonner autant d'événements en un kilomètre de parcours. Avec tout ça, on n'est pas sortis de l'auberge.

C'est mon anniversaire aujourd'hui. J'ai vingt-cinq ans et je suis commis à l'inventaire dans un magasin de jouets. Une guenon bien dressée pourrait exécuter mes tâches sans problème. J'ai un baccalauréat en sociologie et je suis commis. Trouvez l'erreur! Maurianne possède huit ans d'expérience dans son domaine. Elle est secrétaire par choix et grossit par désarroi. Depuis deux ans, elle dispense son savoir dans une clinique d'avortement. Maur ne veut pas d'enfant. Faites le lien!

Nous cohabitons depuis quatre ans comme deux bagnards en isolement. Nous vivons ensemble parce que dans le monde, il n'y a que nous deux pour nous souffrir. Nous nous aimons à la grandeur de nos désespoirs. Nous nous chérissons à la lumière de nos désillusions. Nous adorons notre manière pantouflarde d'écouler le temps. Nous apprécions notre façon de nous exprimer par des banalités. Nous nous désirons parce que nous nous faisons l'amour pas par convoitise, mais par frisson. Nous nous aimons parce qu'à deux, nous sommes moins seuls et que le vide nous fait moins peur. On s'aime quoi. Et c'est même plus.

Parce qu'à vrai dire...

Je suis saoul d'elle. Saoul d'être avec elle, saoul d'être bien. J'aime le son de sa voix, la lumière de ses yeux, la tendresse de son regard. Je me délecte de ses mots édulcorés, de ses pensées volatiles et de sa beauté tropicale. Elle m'apaise souvent et j'en suis ravi.

Je suis saoul d'elle. Saoul d'être son ami, saoul d'être son amant, saoul d'être tout contre elle. Je respire sa peau et m'imprègne de ses formes comme on se moule à son lit. Elle s'émoustille souvent et j'en suis ravi.

Je suis saoul d'elle. Saoul d'être dans ses draps, saoul d'être entre ses reins. Du soir où je l'éventre, jusqu'au matin où l'on s'invente en passant par le jour qui nous évente, elle est en moi comme je suis en elle. Saoul d'elle, saoul d'elle, saoul d'elle.

Et voilà pour la pudeur.

Mais avant tout, Maurianne et moi avons une grande affinité : nous sommes enfants uniques. Maur a été conçue par une mère blanche d'Amérique d'Hiver et un touriste noir du tropique du cancer. Je suis né d'une mère libertine et d'un père non reconnu. Ainsi, nous avons en commun une enfance solitaire, vécue en toute monoparentalité et stigmatisée par l'absence d'un géniteur sur le certificat de naissance. C'est particulier.

Nous nous sommes rencontrés dans un lieu aussi romantique qu'un piège à blatte. À l'époque, ma jolie métisse travaillait à la clinique que fréquentait religieusement ma mère. La pauvre, elle rêvait d'infarctus et de tumeurs malignes. Elle s'est fait renverser par une voiture. On ne choisit pas sa mort. C'est la vie !

L'hypocondrie de ma mère a permis l'éclosion d'un amour qui dure depuis quatre ans. Ma fréquentation de la clinique m'a rapproché de ma Maur. Nous avons compris nos solitudes. Nous étions dans la jeune vingtaine et souffrions déjà d'une obésité malsaine. Cette dernière analogie nous a cimentés. Ainsi, nous partageons une parfaite immobilité à deux en nous vautrant dans les plaisirs de la chair et de la mauvaise chère.

Nous avons construit notre nid de plâtre au cœur d'une ancienne carrière renflouée. Nous habitons un quartier où même les mouches ne s'attardent pas. C'est le genre de dortoir recyclé où un claquement de sandale alarme les dispositifs de sécurité des voitures, des maisons, des niches.

Nous ne visitons personne, mais quand le cœur nous en dit, nous recevons à Noël quelques-uns des anciens amants de la mère de Maurianne et mon oncle Pierre, qui a malencontreusement aplati ma matrone l'an dernier. Mouais…

Sinon, chaque soir de la semaine, nous achetons de la bière et du rhum, beaucoup de rhum. C'est le seul et improbable héritage antillais qu'a conservé ma beauté des Îles. Faux ! Il y a aussi les sauces créoles en accompagnement des hors-d'œuvre et les étranges jurons qu'elle me balance lorsque je la contrarie.

Ainsi réunis autour des alcools et des cochonnailles, nous nous écrasons devant la télévision. Nous nous divisons à parts égales le festin des éclopés et consommons jusqu'au bulletin de nouvelles de vingt-deux heures. Ce rituel s'exécute sans échanger plus de dix mots. C'est la règle d'or. Ça nous évite de nous rendre compte que nous n'avons rien de particulier à partager, mis à part le désir de nous enivrer, de disparaître sous une vieille couverture et de perdre notre vie devant le petit écran.

À la fin de la soirée, nous passons sous la douche. C'est un préliminaire à l'amour. Si la lourdeur de nos abus ne nuit pas à nos ébats amoureux, nous nous livrons chairs et âmes au plaisir physique jusqu'à ce que le grand frisson nous expédie dans les bras de Morphée. Si nos foies nous contraignent à l'immobilisme, nous nous installons à la fenêtre, ivres d'êtres deux, satisfaits d'être amorphes, et nous regardons le ciel. Nous nous gavons d'infinis en échangeant sur une foule de sujets existentiels : « Crois-tu que je vais être malade avec ce qui macère dans mon estomac ? Qu'est-ce qu'on pourrait manger pour contrer les reflux gastriques ? Annonce-t-on de la pluie pour demain ? S'il pleut, devrais-je porter mon imperméable bleu ou simplement prendre mon parapluie ? Pourquoi les sociologues deviennent-ils commis à l'inventaire ? »

Avec un peu de chance, Maurianne s'endort rapidement. Je profite de ce moment pour fumer quelques pétards acquis à prix dérisoire chez l'Arabe d'en face. Je plane un instant, le temps nécessaire pour m'expédier au pays des sans-souci, des sans-angoisse et des beaux lendemains. Ce divertissement quotidien nourrissait notre instinct de paisible autodestruction. Nous filions un parfait bonheur en préparant notre discrète disparition. Nous décrépissions avec une complicité euthanasique en rêvant à toutes ces choses qui nous rendaient malades. Mais depuis quelque temps, Maur cherche à briser notre routine. Elle traverse une crise prétrentenaire, résultat d'un bilan de vie bien détaillé.

Un jour, elle a dressé une liste de ses accomplissements. Après avoir noirci douze pages et demie de platitudes, elle a fondu en larmes. Pour la consoler, j'ai scribouillé le reste de sa treizième page avec mes propres réalisations. À deux, on a une vie qui s'inscrit sous le signe de la malchance. C'est désopilant.

J'ai un baccalauréat en sociologie et elle, une attestation d'un institut privé de renom. Maur œuvre depuis deux ans dans une clinique d'avortement qui est souvent dénoncée par les activistes pro-vie. Moi, je perds mon temps, contre rémunération, dans une multinationale du jouet, souvent décriée par les altermondialistes.

Nous travaillons. Nous gagnons notre sel et surtout notre gras. Nous logeons dans un quatre-pièces bien meublé. Nous sommes rangés. Nous sommes vieux par nos habitudes et par nos formes physiques. L'obésité est la peste qui effraie ma Maur. C'est pourquoi elle a conçu un programme de transformation radicale de notre mode de vie. Mon anniversaire devait en marquer le début. Nos performances y ont mis fin.

15 heures 15, 26 août 2001, l'heure du départ a sonné
Maurianne a cessé de s'entretenir avec le coordonnateur. Elle n'a pas eu le choix, il est parti. Elle grommelle contre la piètre qualité du service. Elle jure que le médecin qui lui a recommandé ce centre en entendra parler.

En attendant, elle veut prendre une douche. Elle disparaît dans le vestiaire des dames. L'écho nasillard de sa voix me dicte ses instructions.

Je dois aller chercher dans la voiture :

1. Une serviette et une débarbouillette rangées dans le compartiment du milieu de la valise noire, ainsi que son sèche-cheveux, son peigne et son gel moussant.
2. Sa boîte de tampons, sa trousse de maquillage et son antisudorifique dans son sac à main.
3. Sa robe rouge, ses sous-vêtements noirs et ses bas Nylon qui se trouvent dans une housse blanche.

4. Ses élastiques à cheveux et ses barrettes qu'elle a consignés dans une pochette de mon sac de sport.

J'assimile rigoureusement ses instructions. J'emporterai tous les bagages.

Je croise le coordonnateur dans le couloir. Il pose un regard compatissant sur moi. Je l'envoie paître avec le sourire. Ma jolie vaut plus que ce faux-cul. Elle, elle est secrétaire médicale. Sa peau caramel embaume le lait de coco. Sa chevelure en crin de cheval luit comme les flots tumultueux d'un ruisseau printanier sous un clair de lune. De plus, elle est forte en relation publique. Lui, ce n'est qu'un vulgaire coordonnateur d'une station plein air perdue au fond des bois. Il est grand, musclé, blond et empeste l'eau de Cologne d'échantillon. Sa vie se résume à un titre qui ne rime à rien, à un corps qu'il entretient à coups de stéroïdes et au bronzage artificiel de sa peau. Et ça se dit sain. Quel enculé!

En franchissant la porte de sortie, je sens que l'air a fraîchi; des nuages gris se profilent à l'horizon. C'est de mauvais augure pour le voyage retour; nous rentrerons sans doute sous la pluie. Il n'y aura pas que Maurianne de maussade.

Je balaie du regard le parking. Facile de retrouver notre bagnole: c'est la seule sous-compacte à prendre deux places de stationnement. Certains y verraient le fait d'armes d'un mauvais conducteur. Pour Maur, cette position bien à cheval sur les démarcations constitue une manœuvre défensive contre les portières imprudentes des autres véhicules. Nous préservons nos biens, quels qu'ils soient. Même si notre bolide est une vieille Allemande cabossée.

J'ouvre le coffre arrière de la voiture. La valise noire, la housse blanche et le sac à main de ma jolie cohabitent avec mon petit sac de sport. Je ne comprendrai jamais cette propension du mâle à voyager si léger. C'est vrai. À quoi bon avoir inventé de grandes valises si ce n'est pas pour emporter l'ensemble de ce qui nous appartient pour une sortie d'à peine quelques heures. Maurianne a tout compris.

Je saisis les bagages et les trimbale avec l'élégance d'un canard boiteux en me dirigeant vers le bâtiment où m'attend Maur. Je passe les portes battantes (elles n'ont jamais si bien porté leur nom) comme un rugby-man à travers une ligne défensive. Au bout du corridor, ma tendre moitié surgit hors du vestiaire des dames en bouillonnant.

— Il n'y a même pas d'eau chaude.

— Oh! Et bien, tu sais, avec le bain que tu as pris dans la rivière, ça ne devrait pas te poser de problème. Je veux dire que prendre une douche à l'eau froide…

— Va chier!

— Je vais finir par croire que tu m'en veux pour les ratés de cette magnifique journée.

Maurianne me regarde d'un air patibulaire. Elle constate que j'ai apporté tout le contenu du coffre de l'auto.

— Ça m'étonne que tu n'aies pas pris le liquide lave-glace. Merde, Christophe, je t'avais pourtant dit de… ah, et puis laisse faire, donne-moi tout!

— C'est trop lourd, ma douce furie. Je vais déposer tes affaires dans le vestiaire.

— Non! Donne!

— Maurianne, c'est trop lourd. Tu vas te blesser.

— J'ai dit, DON-NE!

En lui transférant ma charge, la valise noire tombe par terre et s'ouvre. Maur retient un cri de rage. Elle me somme de tout déposer dans le vestiaire. Sans commentaire.

Mademoiselle Boudin étale ses effets personnels sur un banc en soupirant. Puis, elle se dénude sans se soucier de ma présence. Pour éviter un scandale, je pivote sur un pied et marche vers la sortie.

— Attends, je ne me doucherai pas. J'en ai pour une minute.

— Ouais, je les connais tes minutes. Je vais sortir.

— Tu ne ramasses pas ton sac?

— Euh oui… Mais je ne me changerai pas.

Maurianne hausse les épaules puis saisit un slip pour l'enfiler. Des pensées lubriques se bousculent dans ma tête. L'homme est vraiment une bête. Il suffit d'apercevoir la nudité d'un corps pour qu'il passe en mode copulation. D'ailleurs, la pulsion est si forte que j'en oublie la fonction publique des lieux. Aussitôt, je fais demi-tour et m'approche de ma proie avec l'habileté d'un vampire. Je pose mes lèvres sur son cou en lui caressant tendrement les fesses.

— Merde, Christophe! Tu penses à ça! Ici! Maintenant!

La retraite est immédiate. Je quitte le vestiaire en ravalant mon désir, puis longe le mur du couloir jusqu'à la sortie du bâtiment. Dehors, je me poste derrière un arbuste pour y attendre sagement ma Maur. Je profite de ce paravent naturel pour revêtir discrètement mon pantalon de jogging par-dessus mon short. J'ai un look d'enfer. Je ressemble à un de ces balourds dégénérés qui draguent les prostitués mineurs dans les parcs urbains. Je m'aime à la folie. Le temps tourne au gris foncé. La campagne sous les nuages, c'est sinistre à mourir. Je jette un petit coup d'œil aux installations de ce centre récréatif. Ça pue l'attrape-nigaud. J'ignore combien miss Tropique a déboursé pour cette journée, mais je sais que ça n'en valait pas le coup. Ce n'est pas la sudation d'un jour qui nous redonnera notre forme originelle.

Maurianne passe la porte du bâtiment la tête entre les deux jambes. Elle transporte ses bagages comme un sherpa surchargé. Je lui propose mon aide. Elle m'envoie paître. Je la laisse se débrouiller seule et prends même plusieurs pas d'avance pour ne plus entendre ses lamentations.

Arrivé à la voiture, je lance mon modeste sac dans le coffre, puis me précipite du côté passager. Qu'elle s'arrange toute seule. Qu'elle rumine sa bêtise. Moi je vais tenter d'expier mes douleurs en canalisant mes pensées sur l'herbe que je fumerai en rentrant à la maison.

Après une secousse tellurique provoquée par la fermeture de sa portière, Furibonde 1re empoigne le volant d'une main ferme et démarre au quart de tour. Elle dépoussière la route en accélérant comme une enragée. Je ne bronche pas. Notre bolide rase un *garde-folle* après un virage de quarante-cinq degrés plutôt mal négocié. Je demeure impassible.

Devant l'échec de son dangereux stratagème, Maur se calme. Il était temps. Mon cœur bat quelque part dans ma gorge. Dieu qu'elle peut me les pomper, celle-là !

16 heures 05, 26 août 2001, la retraite de Russie
Maurianne conduit distraitement. Je ne sais pas à quoi elle pense. Son œil scintillant révèle la présence d'une larme. Les réflexions ne doivent pas être roses. Je ne soulève pas la question; je connais déjà la complainte.

Pour la première fois de notre histoire, nous nous sommes prêtés à une activité saine qui se déroulait hors de la ville et ç'a été un échec. C'est triste. Elle attendait beaucoup de cette journée. Elle envisageait même de la marquer comme un tournant pour notre nouvelle vie. Maintenant, nous rentrons dans un silence mortuaire à notre *casa* de départ.

La retraite est insupportable. D'ailleurs, tout devient insoutenable parce que ce silence en est un faux. Il y a le vrombissement du moteur qui est agaçant; il y a le *squik squik* du pied de Maurianne sur l'accélérateur qui devient énervant; il y a ma respiration sifflante qui m'insupporte. Et puis, ce silence est rempli de mots horribles, de réprimandes et de colère que seul un silence révèle avec autant de vacarme. J'explose.

— VA chier!
Maur me regarde, abasourdie.
— Ce n'est rien de personnel, ma beauté des Îles, j'ai simplement anticipé ta réplique. Depuis que nous sommes dans cette région de merde, tu sembles avoir une propension marquée à m'envoyer évacuer. Excusemoi... Pardonne-moi aussi de m'excuser. Je sais que tu détestes ça parce que le repentir ne change jamais rien à rien, mais je ne peux pas m'en empêcher. M'excuser est un réflexe conditionné par vingt-cinq ans de culpabilité.

Je te demande pardon pour l'épisode du muret, pour ma mauvaise forme physique, pour la fourmilière sur ton corps que je désire, pour le bain dans la rivière, pour notre existence plate et laide. Je sais que c'est sûrement en vain que je demande ton absolution pour cette journée et que tu préférerais me voir pendu par les testicules au satané muret de bois de tout à l'heure. Tu sais que je t'aime et que j'apprécie tout ce que tu fais pour nous rendre la vie plus excitante, et ce, même si le monde est cruel et que mes délires ne te font pas rire… Tu es franchement très sexy avec cet air de tueuse en série.

— Christophe.

— Oui?

— Va… chier…

Ma douce métisse sourit à pleines dents. La tension a baissé d'un cran. Le pire est derrière nous. Mes élucubrations ont marqué un point. Ce n'est pas le feu de joie, mais un brasier est toujours préférable à la cendre.

Afin de célébrer notre retentissant échec, Maurianne me propose une petite bouffe dans le premier restaurant que nous croiserons. La quête ne durera pas une éternité. L'un des avantages de vivre au paradis d'Amérique d'Hiver, c'est qu'il suffit de quelques kilomètres pour dénicher un coin où se restaurer.

Maur repère rapidement un établissement franchisé que nous connaissons bien. Ici au moins, il n'y aura pas de déception. Vive la standardisation! En plus, il n'y a pas un chat dans la gargote. Nous boufferons en paix. Alléluia!

Aussitôt assis, nous commandons le repas avec table d'hôte. Nous économiserons, paraît-il. Nous nous empiffrons pendant une heure. Comme ma jolie conduit, je cale en solo une bouteille de vin d'un cru douteux. Ce n'est pas *marijeanne*, mais c'est quand même réconfortant.

Ma douce informe le serveur que c'est mon anniversaire. Je reçois une pointe de gâteau, gracieuseté de la maison. C'est délicieux et gratuit. Puis, Maur m'accorde un café espagnol et une crème irlandaise fortement alcoolisée. Je commence à apercevoir des petits points noirs dans les airs. J'ai des hallucinations biliaires. Mon foie est passé au bureau des plaintes. Qu'il aille se faire mettre. Ces abus m'ont totalement réconcilié avec la vie. J'ai l'esprit en liesse. Pour le corps, on avisera.

Maurianne sort son portefeuille. Elle blanchit. Et quand une mulâtre blanchit, c'est que nous vivons des moments sombres. Il semblerait que nous ayons festoyé au-delà de notre capacité de payer en liquide.

— Utilise ta carte de débit?

— Christophe… Je ne l'ai pas.

— Et tes cartes de crédit?

— Non plus. Je ne voulais pas les traîner avec moi. Et puis, je n'ai plus de crédit disponible, alors…

— Alors je vais prendre la mienne.

— Tu ne pourras pas.

— Pourquoi?

— Tu n'as pas ton portefeuille. Je me suis organisée pour que tu ne perdes rien là-bas. Même pas ton briquet. Je ne voulais pas que ça chie aujourd'hui.

— Heureusement.

Les yeux de ma tendre folle s'emplissent d'une marée saline. Elle me tue. Cette femme me tue. Chacune de ses larmes est comme un boulet de canon qui me traverse le corps. J'ai le cœur en miettes. Et avec l'alcool, l'effet est encore plus dévastateur. Tout mon être est pulvérisé en fines poussières de chrysotile.

— La journée est un vrai désastre. Je voulais que ta fête soit l'occasion d'effectuer un virage santé. Et c'est de la grosse diarrhée de bout en bout.

— Maur, tu aurais dû me laisser mon portefeuille. Ne serait-ce que pour ma carte d'assurance maladie. Mon cœur est au bord de la crise.

— Je l'ai prise.

Elle brandit ma carte-soleil avec un léger sourire embarrassé.

— Tu as pensé à ça, mais pas à d'éventuelles dépenses?

— Je croyais que j'en avais suffisamment. C'est à cause du restaurant. Il n'était pas prévu.

Nous voilà maintenant contraints de planifier une évasion discrète des lieux. Nous laissons sur la table quelques liasses de billets en guise de paiement. Nous savons pertinemment que c'est insuffisant pour régler l'addition, mais cet acte constitue une diversion.

Sans crier gare, nous déguerpissons à toute vitesse. Alerté par notre étrange comportement, le serveur se précipite à notre table. Nous pouvons observer sa réaction par l'une des fenêtres de l'établissement. Il est furieux! Nous sautons sur notre monture d'acier comme des cascadeurs et démarrons en catastrophe. Maurianne appuie fermement sur le champignon.

— On va avoir les policiers aux fesses. Tout ça pour dix dollars!

— Christophe, il n'y a pas de danger qu'ils nous retrouvent. Il y a de la boue partout sur le cul de l'auto. On ne voit pas la plaque.

— Tu crois?

— Fais-moi confiance.

— Me voilà rassuré.

— Je sens comme une pointe de sarcasme là.

— Non non. Reste concentrée sur la route.

Quelques kilomètres plus loin, nous nous arrêtons dans une station-service. Par envie d'évacuer ses frustrations du jour, Maurianne demande au pompiste, et ce, malgré une intense averse, de nettoyer le pare-brise et de vérifier le niveau des liquides. Aussitôt les tâches accomplies, elle remercie le jeune homme puis reprend la route sans laisser l'ombre d'un pourboire. Aujourd'hui, deux individus ont goûté à la colère et c'est grâce à nous. Désormais, notre vie a un sens.

18 heures 45, 26 août 2001, la folie en quatre temps
Le vent balaie les nuages de pluie vers le sud. Avec un peu de chance, nous pourrons les rattraper à la maison. Peine perdue. Maurianne n'a pas envie de rentrer. Elle veut profiter de notre escapade en montagne pour voir du paysage.

Nous échouons sur un belvédère d'où nous pouvons admirer les oripeaux crépusculaires tombant sur l'horizon. Au loin, il y a des chutes qui s'écoulent d'un contrefort. Le bruit de l'eau parvient à nos oreilles attentives. Nous observons le tout dans un silence de communion.

Au bout de quelques minutes, ma douce folle me murmure des petits mots crus. En moins de deux, nous mettons fin à notre contemplation et reprenons la route. Nos corps libidineux tremblent de désir. Notre tas de ferraille se transforme en Formule 1 et Maur négocie les virages en débordant sur les vibreurs.

— Tu sais, ma jolie, j'ai envie de toi, mais pas au prix de ma vie.

— Je ralentis.

Madame *Villeneuve* roule maintenant dans les vitesses permises. Nous traversons le décor champêtre en laissant s'étioler l'énergie sexuelle qui nous animait. Du coup, nos corps décrochent complètement du mode transe précoï-tale. Nous sommes au point mort. Ma tête s'ankylose. Je perds contact avec le présent. Soudain, mon esprit s'enlise sous une série de clichés qui se superposent en diaporama.

Je revois la même scène des dizaines de fois. Je plonge dans une lumière stroboscopique où des paysages se succèdent et s'entrechoquent à la vitesse de l'éclair. Je vois un camion doublant une voiture. Il s'attarde sur notre voie. Maurianne ne semble pas l'apercevoir. Je me jette rapidement sur le volant et fais déraper la voiture. Je hurle.

Mon regard ahuri surprend celui de ma Maur. La route est déserte. Nous sommes immobilisés sur l'accotement. Je comprends qu'il ne s'est rien passé. Elle s'est simplement rangée sur le côté parce qu'elle me croyait souffrant.

— Christophe, ça va?

Maurianne me tapote l'épaule avec sollicitude. Elle attend patiemment des explications.

Au bout de la route, le camion de ma vision double une voiture. Il roule un bon moment à contresens avant de regagner sa voie. Une peur bleue me saisit.

— Tu as vu le poids lourd?

— Quel poids lourd?

— Celui-là!

— Lui?

— Oui. J'ai eu une vision. Et il nous aplatissait comme une crêpe.

— Christophe, lâche la drogue.

— Maurianne, je te jure que ce camion de bois coupe…

— Quoi CE camion! On en a vu des dizaines comme ça! Je te rappelle qu'on roule en forêt! Merde! Mais qu'est-ce qui se passe avec toi?

Le mythe de mon équilibre mental est sur la corde raide. Si Maur découvrait à quel point je suis dément. Je la perdrais. J'élude.

— La fatigue. Un trop-plein de mouvements.

— La fatigue te fait hurler comme un fou à lier? Vraiment, tu m'as fait peur, du con!

— Je suis vraiment désolé.

— À quoi bon t'excuser, pauvre idiot. Tu as crié parce que t'es débile, c'est tout. On n'a pas à pardonner quoi que ce soit à un taré. Merde!

— Bon et bien, dans ce cas, j'assume pleinement ma débilité.

— J'aime mieux ça. Je crois qu'on a drôlement besoin de sortir. On se livre à une activité, on rencontre des gens et puis on a l'air d'un duo d'arriérés échappés de l'asile. On est incapables de survivre dans le monde extérieur. On a été trop longtemps enfermés comme des sacs à bouses. Christophe, il faut agir.

Agir? Ma jolie a peut-être raison. Nous avons sûrement besoin de nous créer une nouvelle vie. Un doute subsiste. Je n'ai jamais expérimenté autant de sensations désagréables que depuis ce matin. C'est sûrement un mécanisme de défense contre la mobilité abusive. Ma tête se joue de moi par souci d'inertie et pour la millième fois de ma vie, j'ai peur de devenir fou.

J'ai froid dans le dos. Mes vêtements humides emmagasinent la fraîcheur de la nuit naissante. Maurianne a raté une sortie et nous voilà perdus en pleine campagne. Au gré des courbes sillonnant les montagnes, elle tente désespérément de regagner la civilisation. Je ferme les yeux et renoue avec un vide d'esprit bienfaiteur. L'exercice réussit. Mes angoisses s'évanouissent. Je me sens bien.

— Maur, tu crois que nous allons rentrer à la maison un jour?

— Si je trouve la bonne route.

— Tu devrais changer de métier et travailler dans l'industrie du taxi. On se ferait une fortune.

— Ha… Ha… Ha…

— C'est vrai. Regarde tes compatriotes. Certains conduisent de rutilantes voitures comme des BMW, des Volvo ou des Audi. Il n'y a que des richards qui peuvent se payer ce genre de bolides. Oublie ta moitié blanche de petit salarié et recycle-toi dans l'industrie colorée du taxi.

— Sale raciste!

— Non! *Stéréotypiste!* C'est un néologisme. C'est même politiquement décent. Tu sais, je devrais écrire un livre sur le sujet, comme un vrai con de sociologue.

— Tiens, un garage. Je vais demander comment on peut rejoindre l'autoroute.

— On dirait la station-service où tu as expié ta frustration.

— Voyons, mon beau petit cul adoré, on roule depuis des heures.

— Je te le dis, c'est une station Pétroplus.

— Il y en a au moins mille à travers la région et elles sont toutes bâties de la même manière, alors…

Maurianne se range près de la cabine du préposé. En levant les yeux, nous reconnaissons l'employé de tout à l'heure ; nous sommes revenus à cette foutue station Pétroplus. Nous avons été bernés. Maudite soit la standardisation !

Ma grande étourdie abaisse légèrement la glace, l'air penaud.

— Dis m'sieu', nous sommes pe'dus.

Ma beauté des Îles se donne un horrible accent créole qui sonne aussi faux qu'un stéréotype. Le subterfuge est si grossier que je n'arrive pas à contenir un éclat de rire. Elle évite le regard du préposé, qui lui, ne badine pas.

— Me prends-tu pour un épais, maudite grosse négresse ! Je t'ai reconnue !

— Gwossier pe'sonnage ! Moi je voulais simplement un wenseignement ! Je vais me plaind'e à vot'e patron… euh patwon ! Espèce de trou de cul !

Sans crier gare, madame *Villeneuve* appuie sur le champignon, puis elle s'esclaffe. Nous rions à tout rompre. Dieu que j'aime cette femme !

— Mais pourquoi lui as-tu servi cet accent ?

— J'en sais rien… C'est terrible ce qu'il m'a dit !

— Oui, je sais. Lui, il n'a rien à voir avec un *stéréotypiste*. C'est un vrai raciste.

— Il m'a traitée de GROSSE!

— Grosse!?! Eh bien là, c'est pire! Ce type n'est pas qu'un raciste! C'est un *obèsophobe!* Quelle calamité! L'*obèsophobie* est la nouvelle plaie sociale. Les racistes, bah! On s'en moque, mais les *obèsophobes,* ça ne peut plus durer!

Le rire est resté au menu. Ma folle alliée blague maintenant à tout propos. C'est bien. Je crains que cette hilarité provoque une hyperoxygénation de mon cerveau. C'est inquiétant. Mon esprit vacille. Une sensation de déjà-vu se manifeste. J'éprouve une peur indescriptible. Je me pince intensément l'avant-bras. La douleur me rappelle à l'ordre. Tout redevient normal.

Ma tête passe en mode analyse post-déraillement. C'est peine perdue. D'ailleurs, je ne devrais plus attacher d'importance à ces sensations hallucinatoires. Elles font partie intégrante de ma vie. Elles occupent momentanément mon conscient et s'évanouissent comme elles sont apparues. Rien de nouveau sous le soleil. Ce qui m'agace, c'est qu'elles se confondent dangereusement avec la réalité.

Maurianne me tire de mes cogitations en énumérant ce que nous pourrions planifier pour le prochain week-end. J'oubliais que demain nous retournions au boulot. Il est dix-neuf heures trente et nous ne sommes pas rentrés. Je ne me couche jamais avant minuit, mais il est tard pour ma routine du soir. Il me faut toujours plusieurs heures pour inhaler et ingurgiter les poisons nécessaires à mon abrutissement, la garantie d'une courte nuit de sommeil réparateur. Que voulez-vous, on se détend comme on peut dans cette saleté de vie.

Après plusieurs déviations, Maur trouve enfin la bonne route. Nous quittons l'enfer vert et rentrons sans embruns dans notre paradis gris. La ville illumine les nuages d'orages. Je sens mon corps se délester de toutes ses souffrances. Je gagne même en énergie. C'est l'effet de se savoir bientôt chez soi. Je suis en liesse.

21 heures 30, 26 août 2001, enfin à la maison
Nous franchissons la porte de notre appartement. Ma jolie délurée court vers la salle de bains. Elle ouvre le robinet de la douche et m'y invite d'un œil aguichant. Elle cherche sans doute un moyen de se consoler de cette triste journée. Étant un homme digne de ce nom, je cède.

Nus sous le jet d'eau, nos yeux se cajolent et se noient dans une mer de désir. Tout à coup, nos abdomens se touchent accidentellement. Nous observons les renflements ridicules déformant nos corps. La sensualité du moment se dissipe au gré de nos dunes de chair.

Afin de s'assurer que le charme est complètement rompu, Maurianne parle. Elle profite de cet imbroglio pour nous remémorer l'époque où nous étions parfaits, histoire d'amplifier le malaise et de prolonger la commotion. C'est un traitement de choc qui réduit à l'état de pourriture le présent et couvre d'or ce qui est passé. Je me souviens. La nostalgie est un profanateur et un blasphémateur qui entretient le culte du « j'ai bien vécu, j'ai bien profité de la vie » afin de vieillir sans regret. Alors, gavons-nous d'images du passé.

Maurianne, la délicieuse secrétaire de la clinique du quartier, est vêtue d'un uniforme immaculé qui épouse les mensurations parfaites de son corps. Dans un coin illuminé, assis posément, un jeune étudiant en sociologie accompagne sa mère. Il remarque que la jeune et très sexy secrétaire le zyeute d'une manière ô combien mâtine.

Bien sûr, ces souvenirs sont bidon. C'est à la limite de la fumisterie. Je ne me souviens ni de ce regard ni de l'uniforme moulant. Sous son costume beige, Maur était déjà grassouillette. Elle ne l'admettra pas, mais elle n'a jamais eu une taille de guêpe. C'était un bourdon attendrissant qui m'a bouleversé pour des raisons obscures.

Ma brave mythomane avance des chiffres avec l'assurance d'une condamnée à mort.

« … Cinq, six ou sept kilos en trop… avant j'étais à soixante… soixante-dix kilos… hier, ça oscillait entre soixante-quinze et soixante-seize. Pour un mètre soixante et mon ossature, c'est à peine au-dessus du poids santé, tu sais ! Je portais du 38C… »

Par chance, nous nous effaçons derrière un écran de vapeur. La pertinence d'en remettre à propos de nos chairs lardées s'évapore. Par contre, nous cuisons sous la chaleur du jet d'eau. Me voilà pris d'un violent vertige qui m'oblige à m'appuyer sur le porte-savon. Maur m'interroge du regard. Je me presse contre elle. Je ne veux pas qu'elle m'assomme de questions.

Maurianne se libère de mon étreinte. L'interrogatoire anticipé ne vient pas. Elle attend une confession de plein gré. Je lui souris bêtement et lui susurre à l'oreille : « Allons nous coucher. »

Nous sommes à peine enveloppés sous les couvertures que ma belle féline me cajole, m'aguiche. Elle joue la soubrette et cherche mes faveurs. Je les lui accorde. Elle m'assure que mademoiselle Menstruation n'est plus au rendez-vous. Nous pouvons commencer l'exercice sans craindre la souillure.

Nous faisons l'amour comme des hippopotames coincés dans un étau; le va-et-vient lourdaud de nos chairs fait valser la tête de lit; les ressorts grincent à faire pleurer les voisins. Je vois les chiffres du cadran numérique débouler à la vitesse d'un escargot sous anesthésie. J'essaie par tous les moyens de retenir mon moment de gloire. Puis, je constate avec soulagement que le frisson approche à grands pas pour Maurianne. Elle semble avoir atteint son plateau. J'analyse son hululement en stimulant son bouton d'allumage. Je veux l'envoyer au septième ciel. Sa respiration s'accélère. Puis, elle libère un silement aigu. Elle atteint l'orgasme. Je peux maintenant terminer le travail en paix.

Après l'extase, ma jolie pie jacasse. En général, elle bavarde jusqu'à ce que je tombe dans un profond sommeil. Elle trouve cela touchant. On verra bien dans dix ans. Ce soir, elle parle au passé en se caressant les fesses, dans le but de répandre le fluide génétique pour un séchage rapide. Je me concentre sur son propos. Je tiens à garder mon esprit bien ancré sur terre.

Maur évoque le passé comme si elle n'espérait rien de l'avenir. À présent, je sens l'ampleur de sa détresse. Elle se perçoit comme une réminiscence en décrépitude. Dans ses veines coule encore le germe délinquant de la débile adolescence. Son cœur s'est figé sur les balbutiements des années quatre-vingt-dix. Nous sommes au mois d'août deux mille un et il n'y a rien de bien palpitant sous le soleil. Pour elle, vingt-neuf ans de vie ne lui ont permis que d'être Maurianne, secrétaire médicale permanente et déjà trop bien en chair. Je lui dis qu'il ne faut pas s'en faire. Ça la désespère.

22 heures 55, 26 août 2001, rétraction post-coïtale
Ce soir, Maur et moi trinquons nus, affalés sur le lit. Le rhum coule à flots. Nous laissons les rideaux ouverts et observons le monde extérieur. Nous avons fenêtres sur les immeubles voisins. Il n'y a pas signe de vie. Nous sommes les seuls à veiller sur l'univers. C'est normal. Demain, tous ces gens vaqueront à leurs occupations et il faut beaucoup de repos avant de consacrer temps et talent à la prospérité du Capital.

Épousant la catégorie des travailleurs, je me lèverai demain à six heures. Je m'attaquerai à ma gueule de bois en buvant un cocktail fait de jus de tomate et d'ampoules de radis noir. Je me raserai, boirai un allongé corsé à souhait, puis m'habillerai aux couleurs de l'entreprise. Puis, j'irai réveiller ma jolie taupe. Elle décollera sa tête de l'oreiller comme une limace de son rocher. Une filasse de bave la retiendra au lit. Elle s'activera une demi-heure après le premier appel. Elle s'agitera comme un typhon dans un verre d'eau parce qu'elle craindra d'être en retard. Nous irons chercher une bouchée chez notre ami le clown avec ses déjeuners à numéro. Puis, Maurianne me conduira à une bouche de métro avant de rejoindre l'équipe de la clinique. Je poinçonnerai mon heure d'entrée. Elle ouvrira le courrier. J'établirai la liste des commandes. Elle soumettra aux médecins la liste des rendez-vous.

À midi, nous irons dîner chez l'Italien ou le Grec. Nous mangerons au-delà de notre appétit et culpabiliserons sur nos excès de table. Nous échangerons quelques mots lors du téléphone de quinze heures. Puis, avec une énergie frôlant la panne sèche, nous finirons notre journée de labeur en cognant des clous.

À dix-sept heures, je m'engouffrerai dans la bouche de métro et me laisserai transporter par une vague humaine jusqu'au dernier wagon. Nous traverserons ensemble, et pourtant solitaires, le sous-sol de la ville. Le ver filera à vive allure et fera valser ses passagers à chacun des arrêts. À la station Teintée de Grisaille, je débarquerai. Éconduit encore une fois par le flot inhumain des travailleurs, je me tiendrai debout dans les escaliers roulants. J'émergerai du trou de fourmis comme les milliers d'autres usagers. À l'instar de mes condisciples, je tournerai à droite. Maurianne m'attendra dans une aire réservée aux taxis. Elle fera l'objet de plaintes des véhicules autorisés et les gratifiera d'un doigt bien tendu. J'entrerai dans la voiture. Maur me dira que les gens sont grossiers. J'acquiescerai d'une subtile inclination de tête et nous prendrons le chemin du retour. Elle me parlera des patientes qui ont défilé à la clinique, elle se scandalisera de l'âge des aspirées et je l'écouterai patiemment.

Ce scénario durera cinq jours. Cinq jours d'une mécanique bien rodée. Cinq jours d'une implacable routine. Et le pire, c'est que nous serons parfaitement heureux. Heureux de nous retrouver à la fin de la journée pour partager un repas que nous aurons commandé au restaurant du coin. Heureux de regarder la télévision comme deux éclopés de la servitude socialement prisée. Heureux de suivre les feuilletons qui nous présentent notre quotidien sous un jour plus éclatant. Puis, nous irons nous coucher. Au mieux, nous ferons l'amour pour mieux nous endormir. Au pire, j'irai fumer ma came avant de sombrer dans une inconscience salvatrice. Ainsi va la vie et c'est bien ainsi !

Interlude

Variations matinales en staccato

Lundi matin, 27 août 2001, tout change
Le réveil pétarade à six heures. Mon bras endolori réduit au silence son appel tyrannique. J'ai les yeux bouffis et le cœur qui bat la chamade. Mes jambes meurtries m'invitent à l'immobilité. Malgré la souffrance, je me dresse sur un coude et regarde Maurianne. Elle est merveilleuse.

En dépit de sa chevelure en broussaille, du relâchement de ses muscles faciaux et de sa bave qui s'étiole sur l'oreiller, j'ai envie de lui faire l'amour. Par pur amour. Pas par désarroi comme hier. Voilà une pulsion inattendue liée au dérèglement biorythmique de mon cycle hebdomadaire causé par l'activité d'hier.

Maur se réveille. Le charme de son abandon s'effrite au gré de ses interrogations.

« Il est quelle heure ? Est-ce qu'il fait beau ? As-tu mangé quelque chose ? Est-ce qu'on mange chez le clown ce matin ? As-tu bien dormi ? » Puis, elle enchaîne d'un ton monocorde : « Aujourd'hui, c'est le docteur Lamoureux qui fait du bureau. Il travaille sur les cas d'interruption de grossesse tardive. C'est presque des accouchements. Ça va être une de ces journées où tout le monde va beugler ses émotions. Ça va chier ! »

Maurianne me décrit l'opération avec sa précision légendaire. Ma libido en prend un coup. Puis, elle se lève. Elle se lève dès le réveil : voilà un signe évident de changement. Je n'aime pas ça. Par contre, en raison de nos ébats amoureux, ma jolie partenaire de luxure ne porte pas de chemise de nuit. Elle se dresse nue devant moi. J'en profite pour détailler son corps avec la méticulosité d'un anatomiste. Je constate qu'elle n'a pas vraiment changé depuis la première nuit où j'ai profané sa demi-virginité.

Assis dans le lit, je m'impose le même examen en insistant sur mes abdominaux. Une protubérance flasque et repoussante s'affaisse sur mes cuisses. Je ne vois même plus mon sexe. Maur et moi ne sommes que des ramassis de chair adipeuse et dégoûtante. Réjouissons-nous d'être encore en vie!

Je me concentre sur le visage de ma jolie, détaille chacun de ses traits. Bien que striée par les plis d'oreillers, sa beauté m'interpelle, me bouleverse. Son petit nez négrier, ses joues claironnantes et ses yeux de madone me rappellent nos jours plus glorieux où tous les débordements étaient sans conséquence. Je veux ravoir vingt ans!

Maur enfile son uniforme beige. Le tissu ondule sous ses points d'attache et témoigne de l'inconfort de sa locataire. Ma panthère grogne contre la piètre qualité du vêtement. «Il rapetisse à chaque lavage», semble-t-il. J'enfile mon costume de commis. Le tissu comprime ma silhouette de cheval de trait. Il va finir par me tuer. C'est une certitude.

Nous quittons en toute hâte notre étable et galopons vers notre monture. Maurianne me dit qu'il est trop tard pour les saloperies du clown. Nous irons donc vers notre servitude l'estomac libre de toute friture. Commencer cette journée sans poison hydrogéné, c'est mauvais pour ma santé mentale. Vivre consciemment un esclavage dans une bonne forme physique risque d'exalter mes tentations anarchistes. Un corps sain abritant un esprit malsain, c'est dangereux, subversif. Ça déplaît aux Conspirateurs du Capital.

Afin d'éviter une crise de lucidité, je me concentre sur ce que je vais manger pour dîner. Du gras. Je me gaverai de gras. Je vais m'ankyloser pour inhiber les forces créatrices qui m'inciteraient à refaire le monde. Taire la révolte à grands coups de malbouffe, voilà une action à ma portée : je mange ma vie comme elle me dévore.

Nous sommes lundi matin et je rêve déjà à vendredi soir. La traversée de la semaine sera longue. Dieu merci, *marie-jeanne* m'accompagnera. Vive l'Amérique du Vert !

Mardi matin, 28 août 2001, intimement vôtre
Le jour se lève sous un soleil radieux. Il fait trop beau pour aller travailler, mais il est hors de question de m'absenter aujourd'hui. Mardi est le jour J pour jouets en avalanche. Je dois réceptionner la marchandise et contrôler tout ce qui gonfle les stocks. C'est le point culminant de mon travail de commis. C'est à pleurer des pierres.

J'ai les jambes en bouillie. Je paie encore le prix de mes efforts de dimanche. Combien de temps va durer ce calvaire ? Je devrais rester au lit et poursuivre la rédaction de mon journal. Une idée comme ça.

— Qu'est-ce que tu fais, mon beau petit cul ?
— J'écris une dissertation sur le mécanisme social.
— Quoi ?
— Rien. Comme tu étais déjà debout, j'en ai profité pour écrire un genre de journal.
— Un journal intime ? Vraiment ?

— Je sais, je sais. Je régresse. J'en suis maintenant au stade de l'adolescente incomprise qui se confie à un carnet. Il ne me reste plus qu'à changer de sexe.

— Ah… C'est mignon, mais il serait temps de s'activer un peu. Je dois commencer plus tôt ce matin. J'ai du retard à cause d'Élyse. Elle évite toujours de classer les dossiers. Et qui finit par tout ranger ? Bibi. Oui, monsieur… J'ai l'air de me plaindre comme ça, mais dans le fond, je désire Élyse. Je l'imagine toujours en train de travailler sans soutien-gorge. Merde, Christophe ! Tu m'écoutes ?

— Bien sûr.

— Qu'est-ce que je disais ?

— Qu'il fallait partir avant l'heure parce qu'il faut que tu t'achètes un soutien-gorge.

— Tu m'énerves, Christophe Frappier ! Tu m'énerves !

— Quoi ? J'ai manqué quelque chose ?

Je reçois un coussin en plein visage. D'accord. Je m'arrache à ma page remplie de gribouillis et d'un portrait assez peu réussi d'Élyse, la très désagréable collègue de travail de Maurianne qui n'aime pas faire du classement. Allez hop ! En route vers le chemin de la servitude.

Mon corps reste cloué au lit. Je pèse soudain deux mille kilos. Les draps défraîchis embaument le parfum d'anciens ébats et me donnent des envies d'amours voluptueuses. Furibonde 1re *créole*.

— Qu'est-ce qui se passe, ma belle ?

— J'aimerais que tu grouilles ton gros cul.

— Impossible ! J'ai les jambes sciées.

— Trouve un moyen de les recoller. Sinon je pars sans toi.

— C'est très tentant.

— Quoi?

— De rester ici. On pourrait se jouer dans les parties.

— Dis donc! Est-ce que c'est tout ce que je représente pour toi, un objet sexuel?

— Tu es infiniment plus. Tu es un objet sexuel avec beaucoup d'options. Je plaisante.

— Pour une fois, Christophe, j'aimerais une réponse sincère. Alors, je ne suis qu'un cul pour toi, ou je suis une personne vraiment importante dans ta vie?

— On ne devrait pas se dépêcher un peu? Je vois déjà des piles de dossiers à classifier qui croulent par terre.

— OK! Laisse tomber!

Ça *créole* encore. Ça va mal. Ça fera quelque chose à écrire dans mon journal. Enfin de la substance. On se fabrique une vie avec ce qu'on peut!

Mercredi matin, 29 fous débile un,
petit poème pour mes 25 ans et 3 jours
Les jours sont pareils
Au doux ciel de la nuit
Quand la lune vermeille
Épouse le... le... uit
C'est un vent qui caresse
Et qui chasse l'ennui,
Nos peines et nos tristesses
Au temps qui s'évanouit

— Qu'est-ce que tu écris, mon petit cul adoré?

— Rien d'extraordinaire.

— Tu profites de mon absence du lit pour rédiger ton manifeste de sociologie?

— Hum ? Euh non ! C'est de la poésie.

— Oh… Je peux lire ?

— C'est des âneries.

— Allez, donne !

— C'est juste pour passer le temps.

— Don-ne !

Je suis inquiet. Maurianne prend possession de cette saleté de carnet et vient s'installer à mes côtés. Elle tient dans ses mains le vilain journal où j'ai noté tous ses travers de la semaine. Si elle tombe sur ces passages, je vais connaître le feu de l'enfer.

Hier, j'ai eu droit au supplice du silence parce qu'avec mes niaiseries matinales : elle est arrivée en retard au bureau, elle a dû subir les remontrances de son Docteur Aspirateur et au final, elle a dû travailler très tard (dix minutes en heures supplémentaires). À bien y réfléchir, le silence c'était bien. Nous nous sommes couchés très tôt. Je n'ai pas eu à me rouler un bâton médicinal pour trouver le sommeil, l'ennui a fait le travail.

Ce matin, je ne sens plus de douleur. Le mal est loin derrière et la séance de boudin de madame semble avoir pris fin. Alors avant que les choses ne se gâtent, je tente de récupérer mon journal.

— Hé oh ! Je n'ai pas terminé !

— Je ne veux pas que tu lises tout.

— Mais c'est quoi, cette attitude de gamin ? On est ensemble, non ?

— Je n'aime pas qu'on lise mon journal.

— Quoi, il y a des confidences que tu ne veux pas me révéler ?

Ça sent le piège à cons. J'élude.

— Ce n'est pas ça. C'est juste que mes poèmes ne sont pas au point.

— TES poèmes? Tu en as écrit beaucoup?

Bravo! Si je voulais attiser sa curiosité, je n'aurais pas trouvé mieux. Bon sang. Ce petit carnet est le seul objet privé qu'il me reste dans notre vie commune. Ça et la marijuana.

— Il n'y a rien d'intéressant dans ce que j'écris! Alors, ce n'est pas la peine de se mettre en retard.

— Si on arrive en retard, ce n'est pas si grave.

— Hier, c'était une tragédie et aujourd'hui, ce n'est rien?

— Oh là là... dis-moi, Christophe, t'es encore fâché pour hier?

Maurianne ferme mon journal, me le donne, puis sort du lit. Elle se dirige vers la porte-fenêtre et tire brusquement les rideaux. C'est horrible. Le soleil est encore au rendez-vous.

— Christophe, ça se dit: «le temps s'évanouit»?

— Heu?

— Je trouve que ça sonne bizarre. Le temps s'évanouit. Aaaaaaaaaaaah! Et pouf! il tombe dans les vapes. Et une lune vermeille? Ce ne serait pas mieux de dire une merveille?

— Bon! Tu vois, c'est pour ça que je ne veux pas que tu mettes ton nez dans ce torchon.

— Ben, si on peut plus s'exprimer!

Maur va vers la penderie. Elle y prend son uniforme beige et l'étale sur le lit.

— Dis, mon beau petit cul, tu me laisseras en lire plus un jour?

— Euh… non.

— Il y a des pensées intimes que tu ne veux pas partager ? Des fantasmes ?

— Tu attaches beaucoup trop d'importance à ce carnet. Il n'a rien d'intéressant.

— Ça, c'est toi qui le dis !

— Et je suis un excellent juge, crois-moi.

La réplique laisse ma jolie pantoise. Aurai-je la paix ?

— Dis, Christophe, tu trouves le temps long avec moi ?

— Bon, voilà autre chose…

— Qu'est-ce que tu veux dire ?

— Depuis notre fameuse escapade en forêt, tu n'es plus la même. On dirait que tu cherches le puceron qui pique au vif. Pourtant, t'as eu tes règles.

Encore une fois, bravo ! Si je voulais attiser sa colère, je n'aurais pas pu trouver mieux. Bon sang. Ces petits matins chaotiques commencent à me faire croire qu'il y a péril en la demeure. Je suis inquiet. Où sont passées nos matinées bien réglées ? Routine, à l'aide !

Jeudi matin, 30 trous 2001, apprendre à prendre son trou
La maturité n'est pas un acquis permanent, c'est une qualité éphémère. Ainsi, bien que m'étant couché avec de bonnes intentions, dès que j'ai ouvert les yeux ce matin, je me suis dit : « S'il pleut, je ne vais pas travailler et *marijeannerai* toute la journée. » En ce moment, le temps est plutôt clair. Pour être honnête, le soleil brille de tous ses feux. Je suis contrarié. Je n'écris rien à ce sujet. D'ailleurs, je m'astreins à une certaine rectitude depuis que mon carnet a été victime d'espionnage. Tiens, parlant de la louve…

Maurianne entre dans la chambre. Elle est debout depuis je ne sais quand. Pas de grognement, pas de récrimination, pas l'ombre d'un trait allongé sous ses yeux allumés; Maur semble dans une forme resplendissante. Mais où est passée la gentille taupe que je devais lever du lit avec un pied-de-biche?

— Qui es-tu?

— Qu'est-ce que tu veux dire?

— Maurianne, je suis inquiet. Au début, je ne disais rien. J'ai cru que ce n'était que passager, mais là, il y a prescription.

— Quoi?

— Tu es debout depuis quand?

Miss Matinale me sourit, puis elle se dirige vers la penderie. Elle y prend son uniforme et l'étale sur le lit.

— L'avenir appartient à ceux qui se lèvent tôt, mon cher Christophe.

— Oui, mais tôt ou tard, la fatigue t'en privera!

— Hey! Tu le fais exprès?

— Quoi?

— À chaque fois que j'essaie de trouver une façon d'améliorer ma qualité de vie, tu trouves toujours à redire. Merde!

Furibonde 1re saisit violemment son uniforme et quitte la chambre avec précipitation. Je note dans mon journal :

À faire : sortir les ordures, dresser l'inventaire de la rangée A2, A3 et B1, prendre une massue et me frapper la tête jusqu'à ce que j'arrive à comprendre les femmes.

Vendredi matin, 31 août 2001, le temps de tous les espoirs
J'ai réglé la sonnerie du réveil pour cinq heures trente du matin. Je ne tente pas de m'approprier l'avenir, je veux seulement savoir comment Maurianne arrive à se tirer du lit sans que je dynamite la chambre. «Améliorer ma qualité de vie», tu parles!

Comme mes intentions étaient malveillantes, c'est ma culturiste du dimanche qui me réveille à sept heures. J'avais oublié d'activer l'alarme. Acte manqué?

— Debout, Christophe, la grasse matinée, ce n'est pas avant demain.

— Tu as encore réussi l'exploit?

— Quoi?

— Il est sept heures et tu es levée.

— Si tu savais à quel point je suis fière de moi. C'est à se taper l'cul! C'est la première fois que je réussis à tenir une résolution.

— C'est le Nouvel An?

— Qu'est-ce que tu dis?

— Euh... C'est formidable! Tu es... matinale. Je m'en réjouis pour toi.

— Tu te moques de moi?

— Non, non. Enfin, j'ignorais que tu avais pris la résolution de... te lever?

— Chaque matin, je suis debout une heure plus tôt pour aller faire de l'exercice. Et tu sais quoi?

— Non.

— J'ai perdu un kilo!

Maurianne sautille sur le matelas. Elle croit sûrement que son kilo en moins la rend aussi légère qu'une ballerine. Les craquements du lit me confirment le contraire.

— C'est bien, Maur! C'est même très bien, mais serait-il possible d'éviter de secouer notre couche de la sorte?

— Christophe, c'est le début d'un temps nouveau. Je ne voulais pas t'en parler avant, mais je me suis dit que si je réussissais à garder une bonne habitude de vie au moins une semaine, et bien, ce serait le signe qu'on est mûrs pour du changement.

— Est-ce qu'ici, le «on» pourrait exclure la personne à qui tu t'adresses?

— J'ai des tas de projets pour ce week-end. Tu vas en être sur le cul!

— Chouette...

Deuxième partie

Week-end gris pour teints verts

Samedi matin, 1ᵉʳ septembre triste 2001, la déveine
Nous avons passé la semaine à nous crever au travail
et il faisait soleil. Aujourd'hui, c'est samedi et il pleut.
La récompense à nos labeurs se déverse à longs flots
sur nos têtes. Maurianne est irritée. Ses palpitants projets se liquéfient au gré des averses. Ma douce Gentille
Organisatrice soupire.

Je propose d'aller au Marché central pour acheter
des pommes. C'est la seule solution que j'ai trouvée pour
réconforter ma Maur. Elle hausse les épaules. Je l'invite
à m'accompagner. Elle retourne se coucher. C'est ainsi
qu'elle me remercie pour mes efforts de récupération de
cette journée. Je m'en souviendrai. Ingrate !

Étant donné la couleur du temps, je chausse mes
vieilles bottes d'eau et passe un ciré. Je suis d'un chic ! La
perspective d'une balade sous la pluie ne me sourit guère,
mais devant sa moue de Madame Bovary, je préfère la
fuite au marché.

Je déambule le long de l'avenue de l'Aventure sous
une averse intense. Si je ne craignais pas tant le ridicule,
je danserais en chantant *Singing in the Rain*. Un sourire
se dessine sur mes lèvres. Cette promenade sous la pluie,
c'est finalement une bonne idée.

À cette pensée, je prends en pleine gueule une vague
de fond issue d'un nid-de-poule. Je perds mon air béat
et y substitue une tête de morue. Je cherche avec rage la
source de cette agression. Les assaillants se multiplient

et m'infligent les mêmes sévices du haut de leur monture d'acier. J'avais oublié que les automobilistes aiment asperger les piétons par temps maussade. C'est un sport qui les divertit. On s'amuse comme on peut!

Après une autre rasade d'eau corrompue, je rebrousse chemin et m'empresse de gagner le mégacomplexe commercial de la rue de la Déroute. Une fois à l'intérieur, le prédateur en moi passe à l'action. Chaque commerce devient une proie potentielle. Mon instinct me pousse à dégommer toutes les horreurs qui, d'ordinaire, font ma joie et celle de ma Maur.

Je passe à la Société des alcools. Ici, je procède au ravitaillement en rhum et acquiers en prime une nouveauté éthylique en présentoir. Ensuite, je vais au supermarché. Ici, j'empoigne le nécessaire à bouffes épicées et des liquides gazéifiés pour bien éructer le tout. Ce soir, on se gavera de produits fermentés et chimiquement modifiés. Tant pis pour le régime santé. Finalement, je m'arrête chez mon voisin. Il faut bien joindre l'inutile à l'agréable. Si cette journée s'inscrit sous le signe du blues des bas nuages, aussi bien l'enjoliver avec les euphorisants offerts sur le marché clandestin.

J'appuie sur la sonnette de l'éternel bonheur. La porte du paradis s'ouvre sur mon ange gardien.

— Salut, Ali! C'est pour un ravitaillement.

— Ah salut, mec! Je ne veux pas te décevoir, mais disons que tu tombes un peu mal. Je n'ai pas le temps de te ravitailler, mec. Désolé.

— Ali, j'ai bravé ce déluge pour me procurer du bon temps. Un geste charitable pour un mec détrempé.

— Bon, attends. (Ali est un homme bon pour ses clients réguliers.) J'ai quelques grammes pour toi.

Ali me fait entrer dans sa tanière. C'est plus prudent pour conclure une transaction. Mais je ne dois pas dépasser le vestibule. C'est la règle. S'il tient à préserver l'intimité de son temple maudit, alors j'évite même de regarder à l'intérieur. Je n'ai pas ce genre de curiosité. De toute façon, je ne suis pas là pour discuter décoration ou pour tisser des liens d'amitié. Je suis ici par affaires. Et illégales en plus.

Ali m'apporte quelques sachets qu'il me tend du bout des doigts. Je lui verse le montant dû.

— Il en manque, mec.

— Mais non, le compte y est.

— Les prix ont augmenté, mec. Je n'y peux rien. J'ai changé de fournisseur. C'est dix dollars de plus.

À mon corps défendant, j'abandonne un sachet. Tant pis. J'en ai quand même pour un bon moment. La transaction terminée, Ali m'invite à sortir. On ne se dit même pas au revoir. C'est mieux ainsi.

Samedi « marin », 1ᵉʳ septembre 2001, la première chute
Je sors en courant de chez Ali. La pluie est devenue diluvienne. C'est un temps de mousson. Les sacs d'épicerie se transforment en seaux de peau qu'on porte dans les rizières. Par chance, les aliments malsains sont toujours mieux protégés que les produits frais. Rien ne sera perdu.

À la maison, Maurianne m'attend avec une feuille à la main et un crayon dans l'autre. Son regard est empreint de détermination.

— J'ai l'intention d'attaquer notre surplus de graisse à la source : à notre table.

— Oh… J'ai de bien mauvaises nouvelles.

Je déballe le fruit de mes emplettes ; elles ne sont pas bénies ; c'est un véritable blasphème. Les croustilles de maïs, les frites surgelées, la salsa au glutamate, les tacos, le bœuf haché pas très maigre, la cervoise mexicaine, le rhum et la bouteille de vin de glace (je me voulais original) n'obtiennent pas la cote. Le régime attendra. Maurianne soupire.

— Je croyais bien agir.

— Qu'est-ce qu'il y a de bon là-dedans ?

— Tout ! Sauf peut-être les croustilles de maïs. Des croustilles de maïs, c'est santé non ? Elles détonnent avec le reste. Elles donnent mauvaise conscience.

— Christophe, je suis désespérée.

— Courage, ma jolie, je vais de ce pas nous débarrasser de ces vilaines croustilles dans la poubelle.

— Christophe, t'es ridicule.

Maurianne n'entend pas à rire et tient mordicus à conserver sa mauvaise humeur. Elle retraite vers la chambre. Eh bien soit ! Je ne ferai plus le guignol pour madame. Je m'occuperai de mes affaires. Elle, elle peut bien se faire mettre avec les siennes. Il y a des limites. Je n'ai pas bravé les intempéries pour qu'on me traite comme un paria.

Afin d'agrémenter l'ambiance, je traverse au salon pour insérer le *Requiem* de Mozart dans le lecteur CD. Je monte le volume à la limite du supportable pour les oreilles de ma mégère. Puis, je tire un bâton cubain de ma boîte de cigares. Je prends ainsi possession de la pièce, tant sur le plan sonore qu'atmosphérique. La comtesse de Pompe à Bouses va cesser de polluer l'humeur de cette maison. Moi, j'ai le goût de relaxer en toute tranquillité en écoulant cette journée à ma manière : en buvant, en mangeant et peut-être en *marijeannant*.

Maur entre dans le salon. Son regard ne m'inspire rien qui vaille. Elle semble déterminée à me transmettre sa mauvaise humeur. Pour accomplir sa mission, elle entreprend une guerre des nerfs avec son arme de prédilection : un plumeau. Elle époussette méticuleusement les meubles du salon. Elle m'impose sa présence. Elle joue l'enquiquineuse en déplaçant mon verre de vin de glace, en tassant mon cendrier et en m'évinçant de mon fauteuil pour le dépoussiérer. Je ne cède pas à la colère et affiche mon plus beau sourire.

Le Wiener Philharmoniker et son chœur de cent voix entament le *Dies irae*. Maurianne grimace. À l'aide de ma commande à distance, je monte encore un peu plus le volume. Cette fois, elle flanche.

— Tu pourrais leur fermer leurs grandes gueules !

— C'est la meilleure partie. Écoute.

J'appuie allégrement sur le bouton et pousse le son au tapis.

— Merde, Christophe ! Arrête !

Je feins de ne rien entendre et ferme les yeux en dirigeant l'orchestre. Maurianne *créole* avec vigueur. Puis, elle quitte le salon. J'ai gagné. Je suis subjugué. C'est un miracle. C'est une victoire sans précédent dans les annales de notre vie de couple. D'habitude, elle résiste jusqu'au *Confutatis*. Merci. Merci. Mille mercis.

Je me cale dans mon fauteuil pour le *Tuba mirum*.
Dans les mesures qui défilent, l'orphelin que je suis
enterre ses démons. Les voix qui transpercent les murs
de l'incommunicabilité m'envoient un message de
réconciliation avec ma défunte mère. Elles atteignent
même ce père dont je n'ai jamais vu le visage et à qui
un pardon inconditionnel est accordé. Je réprime une
larme. Je ne sais pas à quel sentiment l'associer : le bonheur, l'extase, la nostalgie. Une chose est sûre, je suis
étrangement bien.

Soudain, Maurianne ferme la porte de notre chambre
avec fracas. Elle martèle le mur avec fracas. Un cadre du
passage tombe avec fracas. Je ne réagis pas. Maur n'arri-
vera pas à briser ma lévitation avec ses *fracasseries*…

Maintenant, Furibonde 1re reprend sa *créolerie* à
haute voix. Elle crie tellement qu'elle parvient à enterrer
la voix de Vinson Cole qui ne fait plus le poids contre la
comtesse des Aigus.

C'est la fin de la plénitude. La chipie !

La colère m'emporte. Je vide d'une traite mon verre
de vin de glace, écrase mon cigare et réduis ma musique
au silence. Je ramasse le cadre brisé et l'appose au mur
avec brusquerie. Je pousse du pied les débris de verre sous
le tapis avec brusquerie. Si je m'écoutais, j'irais même
jusqu'à brusquer ma Maur. Elle me les gonfle vraiment
aujourd'hui. Elle a finalement obtenu ce qu'elle voulait.
Sale garce ! Sale garce ! Sale garce !

Ma vilaine miaule avec une ironie décapante :

— Tu peux continuer à les faire beugler à tue-tête,
tes chanteurs d'église.

— Laisse tomber. Je suis incapable d'en tirer du plaisir.

— Je commençais à m'y habituer. C'est beau *l'Anus Diarrhée!*

— Tu n'es qu'une inculte!

— Et toi, tu te crois meilleur que tout le monde avec ta culture de plouc?

— En passant, tu as brisé le cadre de ta mère avec tes bêtises.

— C'est plutôt ta fanfare d'enterrement qui l'a foutu par terre.

— Tu fais chier, Maurianne! Je ne sais pas ce que tu as aujourd'hui? Mais tu fais vraiment chier!

— Tu n'avais qu'à acheter autre chose que des cochonneries pour manger. Après ça, on se demande pourquoi on est gros comme des baleines.

— Écoute, Maurianne, je ne mérite pas d'être traité de la sorte. J'ignorais qu'on était au régime.

— Laisse tomber, Christophe! Continue à te vautrer dans tes plaisirs solitaires avec ton cigare et ton urine de glace.

— C'est du vin de glace.

— C'est une liqueur pour givrés?

— Je dois en être un, oui, pour accepter de partager ma vie avec une harpie de ton espèce!

— T'es de mauvaise humeur, mon beau petit cul adoré?

— Je suis en rogne, oui!

— Ha. Tu dois admettre une chose, mon cher, tu ne gagneras jamais au jeu du plus chiant. Je suis invincible.

Maur me pompe l'air. Elle m'énerve. En plus, elle en rajoute en chantonnant des airs funèbres. Grâce à ses tactiques insidieuses, nous passerons la journée selon son humeur : nous nous payerons des têtes d'enterrement. Quel début de week-end ! Heureusement que *marie-jeanne* est au rendez-vous. Parlant d'elle…

Je retourne dans mon fauteuil et m'y enfonce comme un poids mort. Je me roule un mélange spécial à double dose. La posologie me paraît appropriée étant donné l'étendue des dommages causés par l'ouragan Maurianne. Elle, elle demeure retranchée dans ses quartiers. En fin de compte, j'ai quand même gagné. Le territoire m'est acquis.

Cette fois-ci, je branche les écouteurs et me coupe du reste du monde. Puis, j'inhale à pleins poumons mon kif médicinal. Je regagne peu à peu un état de grâce semblable à mon premier moment d'extase.

Je me verse un autre verre de ce vin de glace et le déguste tiède. Ça a un goût de chiotte. Je l'avale d'une traite. Par ce geste, je m'expédie au merveilleux monde de l'oubli, des plaisirs artificiels et des paradis festifs. Je gravite hors d'atteinte de l'humeur fielleuse de ma Maur. Mon cerveau décroche du mode querelle ; il est maintenant hors circuit.

Samedi après-tempête, 1er septembre 2001,
la deuxième chute
Au bout d'une longue absence, une main déterminée me tire du coma. Maurianne me tend une pomme. Désorienté, je cherche un repère pour stabiliser la pièce

qui vacille. Mon regard s'attarde sur le cadran numérique du magnétoscope. Il indique trois heures trente. Matin ou soir? L'obscurité du jour me plonge dans une relative confusion. Est-ce la nuit?

— Tu dois avoir faim, non? J'espère que tu ne m'en voudras pas trop d'avoir mangé sans toi. Tu ronflais comme un moulin à scie.

Je prends la pomme d'une main percluse et la croque sans envie. Ma jolie enquiquineuse disparaît dans le corridor et gagne la chambre.

— Maur.

— Quoi?

— Qu'est-ce que tu fais?

— Je vais lire des magazines. À défaut de me faire cajoler par mon épave d'amoureux, je vais essayer de comprendre pourquoi je vis avec.

— Tiens. Bonne idée. Moi aussi, je vais lire un peu.

Lire? J'ai les yeux dans la marmelade et la tête dans le brouillard. Et puis, pourquoi pas? Comme l'enragée d'à côté soigne sa mauvaise humeur en se plongeant dans la lecture, je poursuivrai ma léthargie *psychotropique* en me noyant dans les vers de Prévert.

Sous les lueurs des faux soleils qui éclairent le salon, un phénomène intéressant se produit: la notion de temps disparaît. Mon cerveau se perd dans les méandres de l'abrutissement. Les repères terrestres s'évaporent. Je deviens une bulle de conscience flottant en dehors de l'appartement. Ma quête de sérénité pousse mon esprit jusqu'à un état de béatitude absolue et m'entraîne dans un délire euphorique. Je voyage dans l'espace.

Samedi tard, 1ᵉʳ septembre 2001, la troisième chute
Le retour sur terre est catastrophique. Mes yeux s'ouvrent
sur une réalité qui m'écrase telle une enclume sur la tête
d'un moucheron. Il fait nuit. Vingt-trois heures de ce
samedi premier septembre se sont écoulées sans que je
fasse quoi que ce soit de valable. Il y a des jours qui se
passent ainsi, sans éclat. Il y a des vies qui se vivent ainsi,
sans éclat. Toute la journée fut consacrée aux éclats d'âme.

Une assiette sale, un verre à demi rempli et quelques
miettes de pain témoignent que Maurianne a pris seule
le repas du soir. L'appartement semble désert. Je marche
vers la chambre à pas feutrés. Les craquements du plancher sonnent l'alarme. Une voix éraillée émane du lit.

— Christophe? Tu es encore de ce monde?
— Je me suis un peu assoupi.
— Tu parles, oui.
Je gagne le matelas de toutes nos luttes conjugales en
essayant de me faire le plus petit possible.
— Tu as envie de dormir après une sieste pareille?
— Je dirais que non. J'ai plutôt envie de manger.
L'appel de l'estomac vide me transporte sans attendre
vers la cuisine. Je m'empiffre sans ménagement de tous les
restants qui traînent dans le réfrigérateur: poulet froid,
fromage à la tartrazine, olives vertes farcies, nouilles à
spaghetti prises en pain. En temps normal, ce genre de
goûter me donnerait la nausée, mais les hibernations
hallucinogènes ont des impératifs qui transforment un
homme civilisé en porcelet.

Avant le dodo officiel, je prends un bain. Je m'immerge dans une eau chaude en inhalant les parfums

défendus de *mari-joie-de-là*. Je me givre, à petites puffées, dans une eau pacifique. Je stimule à fond mes endorphines. Le concert de soupirs de ma Maur n'existe plus. La culpabilité d'avoir gaspillé cette journée a disparu et je ne vois plus que les fissures du plafond. Maintenant, je souris à pleines dents en pensant que, malgré les sautes d'humeur de ma jolie hyène, je mène une vie rêvée.

Après deux kifs, je sors de la salle de bains comme on revient de vacances : calme, reposé et totalement abruti. Étonnamment, la comtesse Marabout est réveillée. Elle m'attend avec sa mine déconfite, affalée sur le lit, songeuse sous la lumière tamisée de la veilleuse.

— Quelle journée de merde ! Un vrai gâchis !

— Nous nous sommes reposés. Ce n'est pas rien, ma belle Maur. Les deux tiers de la planète ne peuvent même pas se payer le luxe de ne rien faire. Ce que nous avons vécu, en dépit de tes caprices, est un des nombreux privilèges que nous offre notre belle société. On peut passer une journée entière à se faire la gueule à cause d'un léger contretemps climatique, puis s'adonner à des plaisirs oisifs comme la lecture, la beuverie et la fumette.

— Quoi ?

— Rien. Je divague, mon cœur.

— N'empêche que c'est des jours comme aujourd'hui qu'on va regretter quand on va être morts.

— Je ne crois pas que les morts éprouvent de regret.

— Ha, ha !... N'empêche qu'on a déjà épuisé le tiers de notre vie à ne rien faire de bon.

— C'est donc ce genre de pensée qui te tient réveillée ? C'est gai.

— Quand je passe une journée TOUTE SEULE, comme une grosse vache, j'avoue que ça me force à réfléchir.

— À réfléchir?

— Oui. À penser à ce qu'on fait. Le sens de la vie, l'amour, la mort.

— Hum… Envoyons-nous en l'air! Dépêchons-nous de jouir de nos corps pendant que nous sommes encore en vie.

— Christophe, tu réalises à quel point on est inutiles. À quoi on sert? On est juste des machines à manger et à chier. Et quand on ne se livre pas à ces «super-activités», on est comme du bois mort. On serait morts et on serait plus utiles qu'en étant vivants!

— Je te dis plaisir et tu me réponds mort. Tu le fais exprès?

— Je ne peux pas imaginer qu'on puisse gaspiller autant de temps.

— Le gaspillage est le lot de l'Amérique d'Hiver, ma belle paire de lolos.

— N'empêche qu'on est en train de perdre les meilleures années de notre vie. On reste assis sur nos culs et on se regarde grossir comme si c'était un sport. Aussi bien se tirer une balle dans la tête!

— Sur ces paroles teintées d'allégresse, je vais au petit coin.

— Ouais, c'est ça. Va perdre ta vie en fumant dans les chiottes!

Samedi, minuit moins cinq, 1ᵉʳ septembre 2001,
la crucifixion

Maurianne m'a donné un cafard indescriptible. Je ne veux pas me laisser tirer dans le fond du baril sans réagir. Je vais griller une autre dose de mon euphorisant. À ce rythme, je n'aurai plus rien à fumer cette semaine. Ce qu'elle peut être désagréable quand elle s'y met.

Après un autre interlude fumigène au pays de la porcelaine et des savons doux, je rejoins mon loup marin. Elle est étendue de tout son long sur le lit. Elle regarde le vide par la porte-fenêtre. Je l'accompagne dans sa muette contemplation. Nous observons le ciel couvert.

— Mon pauvre petit cul, je sens qu'on va arriver au bout de nos vies et qu'on n'aura jamais rien accompli de mieux que de respirer, manger, se défoncer et dormir.

Maurianne manifeste encore une joie débordante. Je voudrais trouver quelque chose d'intelligent à lui répondre. Ma tête n'offre aucune réplique adéquate. Et puis, la voilà qui en rajoute.

— Je vais finir grosse comme une vache. La morgue va être obligée de m'extraire de ma chambre avec une grue. L'humiliation totale. Non. Il y aura pire. On va devoir m'inhumer dans un conteneur à déchets industriels. Il n'y aura personne pour me rendre un dernier hommage. Je vais finir seule et calcinée comme une grosse bête de somme.

J'angoisse. Les paroles de Maur me rendent fou. Le temps s'écoule sous nos yeux indolents et il est vrai que nous sommes inutiles, que nous ne sommes là pour personne. Surtout aujourd'hui. Nous vivons trop en vase clos dans notre cercueil de plâtre. Saleté de coconnage !

Les seuls actes qui me prouvent que j'ai réellement existé aujourd'hui, ce sont mes achats de ce matin. Ce constat donne naissance à une nouvelle maxime que je compte inscrire dans mon manifeste de sociologie, à paraître dans un millénaire : « Je dépense, donc je suis. » Sartre peut se rhabiller. Il est maintenant dépassé par les impératifs de la modernité. Pour une société de consommation, réaliser l'existentiel, c'est consommer. Que je suis bête.

Dans une minute, dimanche deux septembre 2001 naîtra. Une éternité s'est écoulée sans que nous fassions quoi que ce soit d'intéressant. Nous sommes affalés sur le lit, silencieux et étrangement seuls. Maurianne est ailleurs et m'offre un concert de soupirs. Décidément, c'est le jour du soupir.

Moi aussi je suis ailleurs, mais pour moi, c'est normal. Quand on grille quelques bâtonnets de narcotiques dans un vase clos comme une salle de bains, on se place la tête en quarantaine. Malheureusement, ce n'est pas une isolation joyeuse. Je n'ai pas l'esprit à la fête. En fait, je suis comme un de ces nuages éventés qui passent au-dessus des gratte-ciel. C'est à cause de miss Grisaille. Espèce de casse-couilles ! Elle, elle m'inquiète presque autant que mes absences. Elle ressasse quelques mauvaises pensées. C'est rare. Elle mijote un mauvais coup, c'est certain. Mais je ne cherche pas à anticiper sa prochaine action. Je me concentre sur les divagations funestes de mon esprit.

Une vision étrange me hante. Des images se superposent et simulent une action à laquelle je ne participe pas : ma jolie se lève et va à la porte-fenêtre. Sa silhouette épouse les tableaux des vahinés de Gauguin. Ses cheveux se soulèvent sous la caresse d'un vent salin. Elle demeure silencieuse en me dévisageant avec la passion des premiers jours. Le matelas ondule comme une vague marine. Maintenant, deux Maurianne se postent devant la porte-fenêtre. Elles se confondent puis, tout à coup, la vision se dissipe.

Maur cesse de me regarder. Elle parcourt d'une main affligée les rondeurs de son corps. Je ferme les yeux en cherchant comme toujours une explication à ces manifestations psychédéliques. Je suis inquiet, je suis cinglé.

Maurianne rompt le silence.

— Dis-moi, Christophe, c'est mon corps que tu désires quand tu me fais l'amour? Ou est-ce moi, à l'intérieur?

Durant une seconde, mon esprit repart en vrille. Ma douce folle se dédouble. Je vois son âme se dissocier de son corps. Je suis subjugué par cette idée, étranglé par la peur. Je dis n'importe quoi pour ne pas la laisser en plan.

— C'est d'instinct.

Maurianne penche la tête, résignée. Elle quitte lentement la chambre en dissimulant son visage ruisselant de larmes. Je l'ai blessée. Ce n'était pas mon intention. Ma réponse est sortie comme un lapin mort d'un chapeau de magicien. «C'est d'instinct!» Tu parles d'une maladresse. Si j'avais voulu la pousser au suicide ou, pire, à notre séparation!?! je n'aurais pas pu trouver mieux. C'est peut-être vrai que je ne l'aime que d'instinct. Pourquoi mon inconscient m'a-t-il mis ces mots en bouche? J'arrête de tergiverser. Je me moque du pourquoi. En amour, il ne faut jamais se soucier des pourquoi. Parce que. Parce que?

J'arrête de réfléchir. Mes préoccupations se tournent vers des lieux communs indésirables. Une peur sans nom m'empoigne à la gorge. Je suis à bout de souffle. Je tente de me raisonner. Tout résonne et déraisonne dans ma tête. Mes sens se moquent de moi plus que d'habitude. L'angoisse me défigure et me fait déraper. Je *badtripe* à Maur!

Dimanche 0 heure 05, 2 septembre 2001,
dans la sépulture
Après un petit exercice de respiration, je parviens à me calmer. Dans la pièce d'à côté, ma jolie déprimée pleure. Elle porte le poids d'un chagrin que je ne parviens plus à m'expliquer. J'ai un trou de mémoire. C'est sûrement une amnésie sélective commandée par mon instinct de baiseur impénitent. Je ne veux pas de ses larmes, je veux la baiser. Une voix me rappelle que j'ai dit une bêtise. Une voix?

Je colle au drap sous le poids de la folie. Il y a eu plus d'émotion dans les premières minutes de ce dimanche que durant les dernières vingt-quatre heures. Je voudrais être hier. Je m'extrais du lit avec peine, traverse le couloir en rampant. Rendu au salon, j'entends Maurianne qui sanglote sous les coussins du divan. Avec une volonté de papier mâché, je me redresse sur mes deux jambes. Un vertige me projette contre le mur. Je décroche le cadre que Maur a brisé. Le reste de verre recouvrant la photo de sa mère vole en éclats. En me penchant pour ramasser le dégât, je réalise que j'ai perdu le sens des proportions et des perspectives. Je suis *DécAlice* au pays *DéMerdeveilles*.

Les pleurs de ma jolie fontaine ne m'atteignent pas. C'est une douce mélopée qui habille le silence. Devant cette scène de désolation, je ne trouve rien de mieux à faire que de jouer le rôle d'une patère. Ma présence en ce lieu devient indésirable. Maurianne enfouit la tête sous les coussins à chaque fois qu'elle m'aperçoit. Je dois agir. Ce n'est pas ma spécialité. Elle espère une réaction de ma part. C'est trop d'effort. Je suis trop camé pour entreprendre quoi que ce soit.

Les larmes de ma jolie tombent maintenant comme une goutte de pluie dans un baril de métal vide. Le bruit est insupportable. Je dois y mettre fin.

Je retourne dans la chambre d'un pas raisonnablement accéléré. J'enfile mes vêtements d'une manière presque déterminée. Maurianne demeure silencieuse. Elle doit écouter attentivement ce que je trame dans notre chambre à aimer. Je l'imagine très bien, les yeux surmontant à demi le dossier du divan, prête à disparaître dès mon apparition.

Enfin habillé, je vais au salon. Ma vue s'embrouille et des grognements bestiaux se font entendre. Je me projette au sol. Je refuse de succomber à une hallucination. J'ai peur et je tremble comme un épileptique. Ma protectrice vole à mon secours. Elle crie. Elle me croit victime d'une attaque. Elle me prodigue les premiers soins. Lorsque mon regard croise le sien, elle fige. Elle se met en colère. Elle s'imagine que je lui ai fait une mauvaise blague. J'élude.

— J'ai fait un surplus d'effort et ça m'a épuisé. S'il te plaît, Maur, prends-moi. C'est drôle, non ? Je demande à ma Maur de me prendre. Maur ?

Ma douce soupire lourdement. Je ne comprends pas. D'habitude, elle se déride quand je l'appelle Maur.

— Ne m'appelle plus jamais Maur!

Il y a vraiment quelque chose de changé en elle. Je n'aime pas ça.

— Non, mais c'est vrai. Tu crois que c'est gai de porter un nom aussi sinistre que Maurianne? C'est lourd, non? Maur, ça fait vraiment chier!

— Oui, mais au moins c'est yann et non hyène. Maurhyène, Maurhyène, vient manger ton zébu.

J'extirpe mon copain de frisson de mon pantalon et l'exhibe telle une bête de foire. J'éclate de rire. Je me bidonne comme un défoncé. Je suis défoncé. Ma jolie me fixe d'un regard glacial. Elle ne rigole pas. On ne peut pas toujours faire de l'humour subtil.

De toute évidence, je fais le pitre pour des clous. Mon chien est mort pour la copulation. Furibonde 1re se relève sans dire un mot. Elle retourne dans la chambre en maugréant en créole. Olé! Elle dormira sur la dispute qu'elle espérait depuis le début de ce week-end maudit. Moi, je me traîne comme un ver jusqu'à la chambre. Je me traîne jusqu'au bord de mon lit et y reste accoudé pour l'éternité. J'admire le vide de l'obscurité en attendant que quelque chose me sorte de ma torpeur. J'attends une heure. Mon esprit dérive dans une mer sans peur. Le temps fuit sans que cela éveille de la frayeur. Je ne mène pas une vie futile ou inutile. Je veille sur le sommeil de ma Maur.

Dimanche 2 septembre 2001, la résurrection

Maurianne s'est endormie. Ma tête s'enlise dans une pensée en boucle. Si Maur dort, dors-je? Je me glisse sous les draps avec la vague impression que je deviens fou.

Dans ma famille, la schizophrénie se transmet de génération en génération. Les premiers-nés de chaque famille finissent tous reclus chez les dingos. Dans celle qui me précède, il y a mon oncle Pierre, l'assassin de ma côte maternelle. Avant l'accident, il fréquentait sporadiquement les hôpitaux psychiatriques en raison d'épisodes de dépression. Il s'est enlisé dans une douce folie l'année dernière, lorsqu'il a aplati ma mère avec sa voiture. Depuis, il est interné dans un asile pour les cas lourds de schizophrénie où il attend que saint Pierre lui ouvre la porte du paradis. Un ange lui a soufflé qu'il doit se tenir prêt. Que la porte s'ouvrira un jour. Que le portier du paradis a perdu la clé et qu'il doit être patient.

Jusqu'à maintenant, il n'y avait pas de *digne* successeur engagé dans le sentier des désordres psychologiques. Je suis peut-être l'élu. Si la sociologie n'a pas fait de moi un sociologue, l'hérédité fera de moi un aliéné.

J'angoisse. Je ferme les yeux et implore le sommeil pour qu'il m'expédie dans l'inconscient. Le stress mental courtise mon insomnie. Le sommeil me boude. Je l'emmerde. Je vais au salon et cette fois-ci, je cale l'ensemble des alcools ayant échappé à ma cuite du jour. Avec ces litres éthyliques, moi aussi, je dormirai comme un bébé.

L'ingestion est lente et pénible. J'abandonne l'ambitieux projet de vider les amphores de la mort. Je me déshabille et retourne m'allonger près de ma Maur. J'attends l'effet réparateur de mes matières toxiques. Il n'y a rien. Je suis encore lucide… enfin conscient ! Ma jolie se réveille puis se moule à mon corps crispé.

— T'as encore fumé ?

— Je n'en ai plus. J'ai bu. Je n'arrivais pas à dormir.

— Il y a autre chose que de l'herbe et de l'alcool pour régler ton problème, tu sais.

— Tu veux dire prendre des médicaments. Ça m'avancerait à quoi ? Drogue pour drogue, je préfère le compost maudit aux mixtures chimiques.

Maur me tripote, me pelote. Elle cherche une réconciliation en mode sexuel.

— Arrête ! Je n'arriverais jamais à bander, même en face de vierges en chaleur.

Ma folle délurée n'entend rien. Elle continue son manège en espérant me sortir de ma léthargie. Ses mains baladeuses me confirment que j'habite encore mon corps. C'est le seul résultat qu'elle obtient.

— Maurianne, je veux dormir.

Devant mon inertie, Furibonde 1re explose.

— Je commence à en avoir assez ! J'ai besoin d'un homme, moi. Pas d'un gros tas de merde qui pue la dope. Tu me prends peut-être pour une conne, mais je ne suis pas aussi stupide que j'en ai l'air. Je me rends bien compte de ce qui se passe avec toi depuis quelque temps. Je sais que t'as doublé ta consommation de drogue. Tu crois que j'ignore ce que tu fais quand tu t'enfermes dans la salle de bains ? Eh ben, je sais tout. Aujourd'hui, t'en as fumé au moins deux…

— Quatre !

— Quatre ?

— Peut-être même cinq, j'ai perdu le compte.

— Imbécile.

Maurianne me tourne le dos. Puis, excédée, elle se lève en hurlant.

— Tu sais, j'ai des envies moi aussi. J'ai envie d'être aimée, de vivre avec quelqu'un qui est totalement là. Avec moi. Et en moi si possible. Ah et puis laisse tomber. Je vais à la salle de bains pour m'occuper de mon envie de sexe avec le pommeau de douche. Bonne nuit!

— Maur.

— Oui?

— Je vais arrêter.

— Arrêter quoi?

— Je vais me désherber et me convertir aux herbes légales, me *camomiller*.

— Tu crois parler à qui exactement, à une idiote?

— Non. À une chanceuse qui a le goût qu'on lui frotte la bedaine.

Maurianne s'esclaffe d'un rire mauvais et puis, soudain, elle pleure en s'accroupissant près de la porte. Je ne trouve rien d'intelligent à dire. Il va sans dire. Je la regarde en silence. Puis tout s'estompe, s'efface de ma face d'enterrement. Ma jolie des Îles est comme une ombre dans la pénombre. Je suis comme un gnome dans un métronome. Je prends la mesure du drame qui se trame. Am stram deux grammes. Je balbutie et bredouille de manière inaudible les incantations futiles des faux repentirs. Et puis je laisse au temps le soin de réparer son chagrin. Un autre joint est de mise.

Au bout d'un millénaire, ma claire fontaine cesse de larmoyer. Puis elle me sermonne d'un ton grave.

— J'ai peur pour toi, Christophe. Je t'aime, tu sais. Et je ne veux pas te perdre. Je suis fatiguée de jouer à l'innocente quand t'as plus ta tête. J'en ai assez de faire semblant de ne pas voir que tu es gelé comme une balle et d'agir comme si tout était normal pour ne pas te faire chier, pour ne pas te blesser dans ton orgueil d'enfant pas sage. Ce n'est pas une vie de boire et de fumer autant. Je te veux pour longtemps, Christophe. J'ai envie de vivre le meilleur de ce que la vie peut offrir.

— Poêle à frire.

— ARRÊTE!

Maurianne se lève d'un bond, elle saisit au hasard un objet sur la commode et le jette violemment sur le sol. Pas de fracas, pas de bris, pas un bruit. Nous nous penchons sur l'objet de sa colère. Une peluche gît sur le tapis. Furibonde 1re fulmine. Elle *créole* et batifole en hurlant. Allez, maudite folle. Lance maintenant tes pots de crème sur le mur. On refera la décoration. Mais avant de tout casser, ma furie adorée, laisse-moi me racheter et te livrer le fond de ma pensée.

— Je vais arrêter… Je vais cesser de me violenter, Maur. Je sais que tu ne me crois pas. Tu sais, tu sais?!? Qu'est-ce que tu sais, au fait?

— Quoi?

— Ah oui… Ce que j'essaie de te dire, en dépit de mes facultés affaiblies, c'est que… tu peux douter de tout en ce qui me concerne, mais ne doute jamais de l'amour qui me lie à toi, du lit jusqu'au toit. Tatati tatata. Désolé. Si tu le souhaites vraiment, je suis prêt à tirer un joint sur mes psychotropes et à vivre comme un propre. Je te promets de devenir un bel Adonis sans cannabis, et muni d'un long pénis pour que tu jouisses.

— Christophe, arrête. Ne promets rien. Surtout pas ce soir. Pas dans ton état.

— Je suis en état de grâce, ma belle Maur. Ce ne sont pas des promesses en l'air.

— Arrête, Christophe.

— Arrêter ? Si tu doutes de moi, lumière de mon atmosphère, c'est la catastrophe. Je ne sais plus ce que je dis, pardi, mais je suis encore assez lucide pour crier à l'univers et à son réseau déiste que je t'aime et que je ferais n'importe quoi pour toi, ma Stella... Artois.

— Laisse tomber, Christophe. Je n'ai pas le goût d'entendre tes bêtises.

— Je ne te laisse pas tomber, ma comtesse caramélisée. Je suis ton chevalier bien déconnecté qui glisse sur la banquise de ta raison de glace.

— Ça suffit, mon petit cul. Ça me fait mal de te voir délirer.

— Je fléchis sous tes lois, ma beauté des Îles. Je vais te cajoler sous mes doigts blancs de neige. Laisse-moi une chance d'être ton prince, ton chevalier, ton vice.

— Arrête, mon bébé.

— Je te jure que je vais arrêter de boire et de fumer. Un jour...

Interlude

Variations nocturnes, pianissimo

Lundi soir, 3 septembre 2001, du nouveau sous le smog
Le bulletin télévisé se termine avec les nouvelles du sport. Maurianne roupille, la tête lourdement posée sur mes cuisses. Ses exercices matinaux l'empêchent de connaître le vainqueur du combat entre Rodriguez et Beaujeu. Sa culture physique altère peu à peu sa culture générale. Lorsque nous nous retrouverons sans sujet de conversation et que je lui annoncerai que David Rodriguez a mis K.-O. Alcide Beaujeu, elle aura l'air de quoi? Deux grammes moins grasse.

J'ai une envie soudaine d'aller célébrer cette douce soirée sans reproche en grillant le dernier pétard de ma vie. Ce n'est pas rompre une promesse dont je n'ai qu'un vague souvenir, c'est seulement clore en beauté un pan de ma vie qui doit appartenir au passé. Pourrai-je connaître un dernier moment de *planitude* ce soir?

Ma main tremblante fait léviter la tête de ma geôlière. Avec un peu de malchance, elle se réveillera en *créolant* et gagnera le lit en me reprochant de l'avoir laissée dormir sur le divan. Est-ce vraiment de la malchance? Il y a un bon côté à ce scénario: je pourrai sortir sur le balcon et griller ma dernière dose de médecine interdite en la sachant bien alitée dans la chambre.

Ma gentille taupe enlace mes cuisses. Non seulement je ne peux plus bouger, mais maintenant, ma main est coincée sous sa caboche. Il faudrait une bombe de quinze mégatonnes pour parvenir à me dégager de son emprise. Par miracle, Maurianne revient à la vie.

— Il est quelle heure?

— Tu n'appartiens plus au royaume des morts?

— Je suis désolée, je me suis un peu endormie.

— Ce n'est pas grave. Je voulais justement passer ma première soirée sans gazon maudit en essayant d'éprouver le mal de vivre de notre divan.

— Quoi?

Maurianne me saisit le poignet et consulte ma montre avec peine.

— ONZE HEURES! Merde, Christophe!

— Tu es déçue? Tu voulais connaître le gagnant du combat des mi-moyens? C'est effectivement trop tard.

— Quoi?

Elle tourne la tête et m'envisage avec colère.

— Je ne pourrai pas faire mes exercices du matin. Je t'avais pourtant dit que je voulais me coucher tôt! Merde!

— D'une certaine manière, tu t'es couchée tôt.

— Dis, tu fais vraiment exprès pour me faire chier!

Après cette accusation injuste, Maurianne se lève et caracole en direction de notre chambre à coucher. Je suis maintenant seul au salon. La télé passe en mode info pub. Il y a une jolie demoiselle qui s'extasie sur un machin à ventouses qui permet de suspendre des accessoires de cuisine à une porte d'armoire. Une soudaine montée de magma brûle mon œsophage. C'est le fiel de la colère mêlé au manque de stupéfiant qui me pousse vers une irruption verbale inopinée.

— EH BIEN POUR TON INFORMATION: C'EST RODRIGUEZ QUI A GAGNÉ!

Ce soir, je vais fumer la dernière dose de *mari-rabat-joie*. Ce ne sera pas pour une grande occasion, tel que prévu, mais il y a une limite à se faire traiter comme un paria. J'ai besoin d'une compensation bien inhalée pour cette soirée ratée. Décidément, il n'y en aura pas de facile.

Mardi soir, 4 septembre 2001, thérapie intime
Les nuages louvoient dans le ciel. Ils accordent à la lune de brèves apparitions pour briller dans cette nuit sans étoiles. C'est trop beau pour aller se coucher, mais il est hors de question de déroger à l'horaire militaire qu'impose Capitaine Vie saine, et ce, pour le reste de nos chiennes de vies. C'est à pleurer des fléchettes.

Étendu sur le lit, je suis en proie à un violent vertige. Mon cerveau se transforme en boule de suif, mes mains tremblent et mes genoux s'entrechoquent. Je paie le prix de ma première journée de sevrage. Combien de temps encore devrai-je souffrir ce calvaire avant de connaître la plénitude du désintoxiqué?

Maurianne vient s'allonger près de moi. Elle cherche du regard l'objet de ma contemplation. Puis, n'y voyant rien d'intéressant, elle se relève et va fermer les rideaux de notre porte-fenêtre.

— Christophe, pourquoi tu bouges autant?
— J'essaie de me relaxer.
— Je connais un exercice qui pourrait te calmer.
— Tu veux une relation intime?
— T'en as peut-être pas envie, mais moi, je ne sais pas ce qui m'arrive, j'y pense tout le temps. Tu crois qu'une meilleure condition physique augmente la libido?

— Tu as la remise en forme rapide. Quelques jours et puis le tour est joué.

— Je te signale que j'ai fait de l'exercice toute la semaine dernière.

— Ça explique tout!

— Ah... Je vais agir comme si je ne détectais pas la pointe d'ironie dans ton commentaire.

Maurianne saute sur le lit et commence à se dévêtir.

— Il faudrait faire vite, mon amour.

L'idée d'un va-et-vient en accéléré ne me dit rien. Mais je suis un être faible. Je me plie à sa volonté. Avec une relative absence, j'honore le désir de ma belle.

— Dis, mon bébé, t'es toujours avec moi?

— Oui, oui... d'ailleurs, je sens que ça vient.

— Moi ausssiiiiiii!

Maurianne cesse de se comporter d'une manière cavalière. Elle a atteint l'orgasme en moins de temps que prévu. Elle se couche sur le dos, la respiration haletante.

— Dis, mon petit cul, tu as joui, non?

— Euh... oui.

Je me tourne sur le côté pour éviter qu'elle sente que je lui mens. Plus déconnectés l'un de l'autre, c'est impossible. Comment pouvait-elle présumer que j'en avais terminé? Il était sans doute l'heure de dormir, alors au diable mon frisson.

Ma gentille pie passe en mode monologue. Ce comportement me révèle que l'interruption de nos ébats n'avait rien à voir avec le temps. Elle était tout simplement centrée sur son nombril, tout comme moi. Mais qu'est-ce qui nous arrive?

Mercredi soir, 5 septembre 2001, xxx

— … je dois commencer plus tôt demain matin. Élyse m'attend pour le classement des dossiers du mois dernier. Une grande première! J'ai l'air de me plaindre comme ça, mais dans le fond, Élyse veut me prodiguer un furieux cunnilingus. Depuis que j'ai perdu quatre tonnes, elle n'arrête pas de me tripoter près des classeurs. Christophe? Tu m'écoutes?

— Bien sûr.

— Qu'est-ce que je disais?

— Élyse est furieuse parce qu'elle a perdu quatre classeurs.

— Tu m'énerves, Christophe Frappier! Tu m'énerves!

— Quoi? J'ai manqué quelque chose?

— Je t'ai demandé si ça te dirait une petite partie de jambes en l'air.

Je reçois un coussin en plein visage. Furibonde 1re est contrariée. Je ne réagis pas. Mon corps reste cloué au lit. Je pèse soudainement deux mille kilos.

— Qu'est-ce qui se passe? T'es en manque d'herbe?

— J'imagine que oui. Je ne me sens pas bien.

— Tu vois, il était temps que tu arrêtes. Passer un jour sans consommer…

— Trois jours!

— Merde! Tu me prends pour qui? J'ai bien senti que t'avais fumé avant-hier. Ça sentait la mouffette dans l'appartement. Et là, tu voudrais me faire croire que tu réagis comme si ça faisait une semaine.

— Dieu que la notion du temps est variable selon de qui on parle.

— Quoi?

— Rien.

— Dis donc, c'est une vacherie que tu viens de me dire? C'est comme ça que tu veux me traiter? Tu veux qu'on la joue *hard*, pas vrai? Tu vas y goûter, mon salaud!

Maur se jette sur moi comme un prédateur. C'est parti pour la jouer mauvais porno. Je me prête sans retenue à ce jeu débilitant. Mon corps se déchaîne à la mesure de sa désorganisation psychotoxique. Ma tremblote du mouton se transforme en martèlement fiévreux d'un chacal enragé. Le coït est brutal et aussi expéditif que le furieux prélude. L'ultime frisson se manifeste à grands cris bestiaux. Puis, les corps s'affaissent comme s'ils étaient sans vie.

— Christophe, t'es pas mort?

— Non. Enfin, j'ignore ce qu'on ressent quand on est mort.

— Dis, mon petit cul, il y a que le sexe qui nous unit?

— Ça, et aussi d'autres trucs.

— Comme quoi?

— Le fait que tu poses toujours les questions et que moi, je dois toujours y répondre.

— Ça nous unit, ça?

— C'est de la complémentarité. Tu vois, si nous étions deux à poser des questions, notre relation tournerait en rond. Si au contraire, nous nous confinions tous les deux dans le rôle du répondant, il n'y aurait plus de communication. Chacun attendrait d'être questionné pour parler... Maur, tu dors?

Ma jolie *sex bomb* ronfle à tout casser. Le temps se suspend un moment. Il est maintenant l'heure de fermer les livres. Ça requérait la présence de *marie-jeanne*.

Jeudi soir, 6 septembre 2001,
petit poème pour mes 25 ans et quelques jours
Il est une voix douce et profonde
Qui murmure à tout ce qui vit
Profitez, pauvres créatures du monde
De cet éveil qui n'est qu'un sursis
Un quart de siècle, bordel de merde
J'ai besoin d'alcool, d'herbe et d'un peu de Quick

— Tu n'arrives pas à dormir?

— Si, je dors. C'est simplement que j'écris dans mon sommeil.

— Christophe, dors un peu. Merde, il est juste onze heures et demie?

— Qu'est-ce que je dois comprendre là?

— J'avais l'impression que j'avais dormi des heures et des heures. Ça fait seulement une heure et demie.

— Alors, rendors-toi.

— Je crois que je n'y arriverai pas. Tu écris quoi?

— Des âneries, comme d'habitude. Oh, j'ai soudain très sommeil.

Je me tourne précipitamment sur le côté en balançant mon carnet sur le sol. Je scelle mes paupières comme des sépultures. Ma respiration est maintenant lente et profonde.

Maurianne demeure muette, immobile. Il serait présomptueux de croire qu'elle gobe ma mise en scène. Elle attend patiemment que mon jeu défaille pour entamer une longue discussion, histoire de retrouver le sommeil et de me faire perdre le mien.

C'est toujours dans ces moments critiques qu'une démangeaison inopinée se manifeste. Mon coude réclame une grattouille immédiate. Je résiste. Le picotement persiste. Je multiplie les efforts de contention tout en maintenant les signes de sommeil profond. Une sudation indésirable s'écoule de mon cuir chevelu. Je vais craquer. Je flanche !

Je me gratte sans ménagement. Personne ne se râpe la peau avec autant d'intensité tout en étant endormi. Il n'y a plus de place pour la dérobade.

— Ça va, Christophe ?

— NON ! Je suis en manque !

— De moi ?

— La réponse appropriée serait oui, mais tu sais, ma jolie, la source de mon insomnie est beaucoup moins romantique. Je suis en manque d'HERBE, PAS DE CUL !

— C'est normal. Tu es trop habitué à prendre toutes sortes de cochonneries avant de te coucher. Tu veux que je te prépare une camomille ?

— Non.

— Alors tu peux reprendre l'écriture de ton manifeste.

— Je n'écris pas de manifeste.

— C'est ton poème, alors ?

— Je vais m'installer au salon pour le reste de la nuit.

— Tu peux rester dans le lit, mon petit poète maudit. La lumière de la veilleuse ne me dérange pas.

— Je n'écrirai rien.

— Si tu le dis…

Je vais attendre qu'elle s'endorme, puis j'en profiterai pour aller me ravitailler chez Ali. Une camomille ? Vraiment, quelle tarte ! Le petit génie toxico va faire des provisions pour retrouver le sommeil d'antan, et ce, pour plus d'une nuit. Et tu n'en sauras rien, miss Verveine.

Qui je trompe?

Vendredi soir, 7 septembre 2001, rechute
Les pubs télé sont des plaies. Il faut être privé de substances proscrites pour s'en rendre compte. L'atteinte à la liberté de pensée est constante et permanente. C'est une conspiration orchestrée par les grands manitous du Capital. Ils maintiennent des envies artificielles qui nous poussent à consommer au-delà de nos besoins réels. S'empiffrer, s'enivrer, se gaver de superflu, tout pour nous maintenir esclaves de l'argent, de la possession, et pour nous faire gravir les échelons de la consommation compulsive. La Grande Conspiration des magiciens du Capital consiste à nous saouler le crâne avec des messages publicitaires sur les marques de bières qui se multiplient depuis la dernière heure. Les Conspirateurs nous veulent saouls. Un peuple qui flotte dans un paradis artificiel oublie plus facilement qu'il est l'esclave du mécanisme social et non le bénéficiaire. Encore une publicité de bière! Même Maurianne commence à ressentir le poids de son régime. Une de plus et elle se dégonfle. Je le sens.

— J'ai réfléchi à ton problème de sommeil, mon pauvre petit cul.

— Et?

— Tout arrêter en même temps, c'est peut-être mauvais.

— Et?

— Stopper la drogue, c'était le plus urgent. L'alcool, c'est une autre étape.

Il ne m'en fallait pas plus pour éveiller le chasseur en moi. En moins de deux, je traverse les rues du quartier en quête du premier épicier qui offre tout ce dont un homme a besoin pour sustenter sa soif. Vive les rechutes! Merci, ô Grands Conspirateurs!

Troisième partie

Week-end vert pour teints gris

Samedi 8 septembre 2001, la symbolique des rêves
Je me souviens rarement de mes rêves, Maurianne si. Depuis une semaine, je me coltine une demi-heure d'écoute de ses récits fantastiques. Elle me raconte tout dans les moindres détails. Si je couchais sur papier tous les délires accompagnant son sommeil, je serais le maître incontesté de l'horreur. Maur cauchemarde en série noire.

— J'ai rêvé que je devais traverser un pont à pied.

— Ç'a dû être toute une épreuve…

— Surtout qu'il en manquait un bout. Comme j'étais poursuivie par des scorpions géants, j'ai dû marcher sur un câble d'acier afin de leur échapper. Je ne voyais pas le fleuve, mais j'entendais le bruit des flots. Et ça sentait tellement mauvais.

— C'était peut-être mon haleine?

— Chut! Je n'ai pas fini. À un moment donné, je me suis retrouvée dans une salle à manger. Un maître d'hôtel m'a apporté le dîner dans une cloche. Quand il a soulevé le couvercle, un scorpion a sauté sur moi. Je me suis réveillée en sursaut. Puis, je me suis forcée à me rendormir. J'ai replongé dans mon rêve, et là, je pourchassais le scorpion avec un balai. Et, au moment où j'allais lui asséner un coup fatal, il s'est piqué et il est mort. Tu crois que le scorpion représente nos dépendances?

— Euh… non.

— À moins que mon cerveau ait tenté de me punir pour notre écart d'hier soir.

— Dans ce cas, le scorpion, c'était toi?

— Et mon cerveau, le balai.

Et c'est moi le toxicomane?

— Christophe, tu ne me racontes jamais tes rêves. J'ai lu dans un magazine qu'il y a des messages importants qui passent à travers eux.

— Il y a aussi beaucoup d'inepties qui transitent par ces magazines.

— T'es con!

— Qu'est-ce que tu veux que j'y fasse. Je ne rêve jamais.

Je mens, évidemment. C'est simplement que mes fictions sont banales et insignifiantes. Elles roulent en boucles, les mêmes depuis vingt-cinq ans…

Après un moment de silence, Maurianne quitte péniblement le lit. Elle me laisse en plan avec mes envies d'elle. Il semble que nos abus de la veille aient mis sa libido sur la touche.

— Bon. Pour ce matin, congé d'exercices! Je n'ai pas le moral.

— Tu n'as pas peur de te faire taper dessus par un balai?

— Essaies-tu de me donner mauvaise conscience?

Maurianne n'entend pas à rire. Deux semaines de saines habitudes l'ont ramollie. Elle affiche une gueule de bois comme si nous avions festoyé en dépravés. Elle sort de la chambre en évitant mon regard, pour aller mourir dans la salle de bains. Je profite de son inconfort gastrique pour reprendre mon petit carnet maudit. Je feuillette le contenu en quête d'un je-ne-sais-quoi qui stimulerait le peu de neurones qu'il me reste. Soudain, une écriture inclinée et brouillonne capte mon attention. Je lis:

Je t'aime de tout mon cœur. On se voit tout à l'heure ?
Ton Amour pour toujours
(moi aussi je peux faire de la poésie !!!)
Ton p'tit cœur après neuf heures
(Heille, ça n'arrête pas !!!)
Ta Maur préférée
Xxxoq

Je devrais être touché par cette petite note impie dans mon carnet « personnel », mais un sentiment de dépossession s'empare de moi. C'est comme si par ces vilains, ces très vilains traits, Maurianne avait violé un espace qui m'appartient, une chasse gardée dont j'ignorais l'importance jusqu'à maintenant.

Rationalisons le tout. Il serait regrettable de bousiller un week-end pour un malheureux incident diplomatique. L'intention était ludique, pacifique et remplie d'amour, mais une violation frontalière demeure un acte de guerre. BORDEL !

Dans ma vie, tout est partagé : mon espace, mon temps, mon corps. Il ne me reste que ma tête, du moins, ce qui y fonctionne encore. Les mots écrits dans ce carnet, c'est mon occupation d'une zone interdite au regard du monde. Maintenant, il n'existe plus de refuge pour abriter mes lubies. Je suis une âme errante à la vue de tous.

Maurianne réapparaît dans l'embrasure de la porte, le visage en marécage et l'œil inquiet.

— C'est quoi la meilleure recette pour se remettre d'une gueule de bois ?

— Il faut battre le feu par le feu.

— Qu'est-ce que tu veux dire ?

— Un gavage du foie avec des trucs lourds, gras et indigestes me semble tout indiqué.

— OK! C'est samedi après tout. On va chez Œuf et Bacon ou chez le clown?

Elle est déroutante. Elle m'étonnera toujours. Je voulais lui exploser à la figure et la voilà toute débraillée, magnifiquement faible et prête à se replonger dans nos vieilles habitudes sales et malsaines. Je l'aime. Je l'aime. Je l'aime. Elle peut maintenant m'écrire sur la tête si elle le désire. Je lui appartiens tout entier.

— Alors?

— Nous irons aux deux. Et pour ce soir, on remet ça avec tequila en prime.

— OK. C'est samedi. Je te suis dans ton programme, mais à une condition.

C'était trop beau pour durer!

— Je veux passer en librairie pour acheter un dictionnaire des rêves.

— C'est tout?

Maurianne hoche ostensiblement la tête en faisant une moue de gamine. Ma jolie dépravée est de retour. Elle redevient l'incarnation de ce que nous représentons de pire aux yeux de tous les bien-pensants. Je suis en liesse. Les Conspirateurs du Capital vont être heureux. Nous allons consommer à fond la caisse!

8 heures 87 (oui oui, faites le compte), dimanche
9 septembre 2001, changement de cap
Le temps est bon, le ciel est bleu et les oiseaux gazouillent. Maurianne exécute distraitement la cérémonie du café matinal. Elle m'avoue qu'elle est troublée par son

cauchemar de la veille. Elle invoque certains passages de son dictionnaire des rêves pour élaborer une théorie abracadabrante sur l'origine de ses délires nocturnes. Il semblerait que la symbolique du scorpion annonce une période trouble dans sa vie ou un malheur imminent.

Bien sûr !

Un reflux gastrique me suggère une autre hypothèse.

— On ne devrait plus manger avant d'aller se coucher. Enfin, plus de cette sauce piquante. Et puis la tequila, ça râpe l'œsophage.

Maurianne acquiesce d'une légère inclination de tête. Elle me sourit, embarrassée par son manque de persévérance. Puis, son visage s'illumine. Elle saisit un crayon et une feuille de papier sur laquelle elle griffonne depuis des jours. En s'asseyant près de moi, elle me tend ses instruments de torture. Je pose un œil craintif sur le feuillet. C'est un autre régime.

— Tu pourrais trouver des idées pour changer nos habitudes alimentaires.

J'ignorais que nous étions encore en mode diète. Je suis exaspéré. Je voudrais piquer une grosse colère afin de mettre un terme à cette lubie nutritionnelle, mais ma jolie me regarde avec des yeux mouillant de complicité. Je succombe encore une fois.

Je laisse la mine noircir le papier de symboles insignifiants. Mon ange gardien me demande ce que j'écris à chaque trait.

— Tu verras.

Mon cerveau révolutionne à bas régime. L'ensemble de mon corps est en mode de distillation d'alcool résiduel. Depuis la liquidation de ma réserve de stupéfiant, je carbure aux boissons éthyliques. Aux yeux de ma Maur, ça semble plus acceptable. C'est à n'y rien comprendre. D'ailleurs, il y a bien des choses que je ne saisis pas.

Depuis que je ne consomme plus de *marie-joue-là*, je subis davantage de dérèglements perceptuels. En ce moment même, je suis victime du phénomène. J'ai l'impression que le présent appartient à un autre temps. Mes mouvements sont décalés. Mon cerveau fonctionne soudainement à haut régime. Je pense au mot exercice, mais ma main l'a déjà écrit. Puis ma tête se retire un moment de la réalité et s'infiltre dans un espace virtuel. Maurianne m'extirpe de mon état de transe en éternuant. Elle s'approche de moi et regarde par-dessus mon épaule.

— Tu as parfaitement raison, il faut absolument faire de l'exercice. En deux semaines, ça m'a transformée. On a triché deux soirées et hop! la culotte de cheval refait surface. J'ai même un troisième bourrelet qui pousse sous les seins. Et parlant d'eux, tu n'as pas remarqué qu'ils tombent de plus en plus?

Maurianne me balance tout un baratin sur les technologies miracles qui procurent des résultats concluants en quelques semaines. Elle affirme que les exerciseurs favorisent la réduction des graisses aux endroits ciblés. Elle m'instruit au sujet des pilules divines qui contrôlent les appétits gargantuesques. La perte de poids est sa nouvelle religion. *Amène!*

Maur va chercher nos deux cafés et vient s'asseoir en face de moi. Elle ouvre le sucrier pour y plonger sa petite cuillère. Puis, elle hésite un moment. Elle réfléchit. Sucré ou pas sucré, voilà la question. D'un geste décidé, elle immerge la petite cuillère dans sa tasse sans transborder les cristaux maudits. Ce refus de sucrer son café (Maurianne ajoute en moyenne six sucres à son café) témoigne de la victoire de la raison sur le plaisir. Nous entrons officiellement dans l'ère de la frustration gustative. Ma jolie va devenir irritable et abrasive comme du papier sablé. C'est une perspective des plus réjouissantes...

Un silence tombe sur l'appartement comme la mort sur tout ce qui vit. J'ai le temps de constater que rien ne va plus chez moi. Je ressens l'encrassement de tous mes organes. J'ai l'impression d'avoir épuisé ma force vitale et de précipiter l'avènement de ma dernière heure. Je suffoque. Mon esprit déraille et s'enlise. Je dois faire quelque chose pour me tirer de cette crise. Je me lève brusquement, saisis ma tasse et avale mon café d'une traite. Mes yeux pleurent à toute vapeur. Maurianne se fige net. Puis, après un moment, elle sape une gorgée de son café en fixant un coin de la cuisine.

Maur me trouve bizarre, c'est une évidence, mais elle se fait discrète. Elle souhaite peut-être que je lui parle de mes délires de mon propre gré. Je n'en soufflerai pas un traître mot.

Maurianne se lève de table.

— On devrait aller marcher.

— Si c'est dans le quartier, je suis partant.

Ma jolie m'embrasse sur le front et va se changer. Je n'ai plus le choix, je la suivrai. Tant pis pour ma folie, tant pis pour la faim qui me tenaille, nous nous contenterons d'un silence embarrassé et d'un café pour déjeuner. C'est sans doute une composante de notre nouvelle vie.

10 heures 40, 9 septembre 2001,
promenade dominicale sous délire cérébral
Nous déambulons le long de la voie ferrée traversant notre quartier. Maurianne se suspend à mon bras. Elle me murmure des mots crus, des mots doux et des paroles d'une rare sensualité. Je suis sidéré. D'habitude, ce genre de vocable n'arrive que très tard dans la journée.

Nous poursuivons notre excursion, main dans la main, et la tête ailleurs. Étrangement, ma gentille pie ne cherche plus à meubler le silence. J'ai souvent souhaité qu'un pareil événement se produise en dehors des périodes de conflits. J'ai toujours cru qu'il serait agréable de partager des instants de bonheur sans la présence des mots, dans la simple jouissance du temps qui passe. Je me rends compte qu'il n'y a rien d'apaisant dans cet exercice. Je m'entends réfléchir et ce n'est pas sain. J'entreprends la conversation :

— C'est une très belle journée de fin d'été, n'est-ce pas ?

— Oui, très.

— L'air est bon. Ça contraste avec les smogs estivaux.

— Ouais.

— Je trouve que la lumière de septembre est différente des autres.

— C'est possible.

— C'est quand même un peu frais pour la saison.

— Oui.

— Il n'y a plus beaucoup de trains qui passent sur cette voie ferrée, c'est comme si elle n'était plus qu'un vestige du temps glorieux de l'industrialisation.

— Je n'ai pas remarqué.

— Écoute, Maurianne, cesse de discourir à chacune de mes paroles. Je n'en peux plus.

Maur s'esclaffe. J'aime quand elle rit. Ma beauté tropicale a un rire en cascade qui coule dans l'espace ; elle a un rire rivière. Ce rire, il vaut qu'on soit toujours joyeux, qu'on ait toujours le cœur à la fête.

S'inspirant du moment, Maur s'abandonne à un marathon verbal dont elle seule a le secret. Je suis tout sourire. Ma douce folle me parle de paix, de bonheur, de plénitude, comme une promesse faite à un enfant. Des jours meilleurs se pointent à l'horizon. Nous sommes à l'aube d'une nouvelle vie.

Maurianne caresse mes cheveux souillés par la poussière avec la tendresse d'une mère. Une douceur que je n'ai jamais connue auprès de la mienne. D'ailleurs, mon enfance est criblée par tant de manques et par tant d'absences, qu'il m'arrive de croire que je n'en ai jamais eu. La présence d'un père m'aurait-elle permis de connaître une jeunesse heureuse ? Je m'égare. JE M'ÉGARE !

Le gravier fuyant sous mes pas se dématérialise. Une sensation d'engourdissement s'empare de mes pieds. Un sentiment d'oppression me coupe le souffle. La longue course parallèle des rails se transforme en projection de film jauni par le temps. Tout se teinte d'irréalité. Cette fois-ci, je m'effondre.

— Maurianne, j'ai souvent d'étranges sensations.

— Au bras gauche ?

— Euh non. Pourquoi ?

— Je demandais, c'est tout. Il faut faire attention à certains signes.

— Quels signes ?

— Les signes avant-coureurs d'une crise cardiaque.

— Ce n'est pas pour mon cœur que je suis inquiet, c'est pour ma tête.

Maurianne cesse de marcher. Je m'arrête et l'envisage gravement. Elle demeure silencieuse et visiblement inquiète. Elle redoute ce que j'ai à lui confesser. Son regard est fuyant et trahit une peur galopante. Mais de quelle peur s'agit-il?

Je joue la carte de la prudence et tant pis pour les confidences. Il y a tellement de candeur et de beauté en ce jour de septembre, il serait dommage de tout gâcher avec mes histoires de fous. J'abats mon meilleur atout.

— Maurianne?

— Oui.

— Je te baratine.

— Je ne te crois pas.

Le joker est exclu du jeu. Il n'y a plus de place pour la frime. En dépit de son air faussement évasif, ma douce folle est en mode polygraphe. Elle veut entendre la vérité, toute la vérité, sous toutes ses atrocités.

— Alors? C'est quoi cette histoire de peur?

— Ce que j'essaie d'éviter de te dire, c'est que j'ai fréquemment des impressions de déjà-vu. En ce moment, par exemple, notre marche sur la voie ferrée, j'ai des images qui se superposent dans ma tête, comme si je l'avais déjà vécue. Pourtant, on n'est jamais venus ici.

— Ça m'arrive aussi d'avoir des déjà-vu. Je n'en fais pas toute une histoire.

— Oui, mais j'ai l'impression qu'ils sont plus fréquents, plus persistants.

Maurianne semble soulagée. Il n'y a rien comme une confidence édulcorée pour dissimuler la vérité. Je crois qu'elle se contentera de cette explication. Elle saute à bras raccourcis sur la perche que je lui tends. Aussitôt, elle s'empresse de me rassurer sur le phénomène.

— Notre cerveau enregistre des milliards d'images. Dans les périodes de grande fatigue, elles reviennent et se mélangent à ce qu'on voit. Ça crée un sentiment de déjà-vu.

C'est didactique, mais efficace. Ça pourrait même être très rassurant si je ne souffrais que de ce petit désagrément. Mon cerveau est un fumiste (ou un fumier). Il se joue de moi bien au-delà des légers troubles perceptuels du commun des mortels.

Maurianne appuie son argumentation en évoquant quelques expériences vécues au travail. Il lui arrive parfois de taper un document en ayant la vague impression de l'avoir déjà rédigé. Parfois, elle accueille de nouvelles patientes en ayant l'impression de les avoir rencontrées dans le passé, dans le même contexte.

Moi, moi, moi... Maur se je à qui mieux mieux. Et plus elle se je et plus elle s'étonne de la quantité de fois qu'elle subit le phénomène. Je commence à croire que ma jolie s'est approprié mon problème. Maintenant, elle ne cherche plus à me rassurer. Elle tente désespérément de se convaincre qu'elle n'est pas en train de perdre la boule.

Maurianne s'emporte et s'égare dans des divagations absurdes et sans fondement scientifique. Elle parle de vie parallèle, de réincarnation, de karma, enfin, elle défile toute l'anthologie du paranormal et du pseudo-spirituel dont se délectent les adeptes de religions anciennes et nouvelles. Je ramène Maur sur terre en lui servant sa théorie initiale.

— Nous accomplissons certains gestes sans qu'ils marquent notre conscient. La répétition de ceux-ci dans un intervalle de temps considérable se présente à l'esprit comme étant un événement ayant des échos dans le passé, tout en donnant l'impression qu'il appartient au présent. C'est ton explication. Je la trouvais sensée tout à l'heure, venant de ta bouche.

— Et ton déjà-vu sur la voie ferrée?

— C'est sûrement un emprunt à une image d'un film! Les références peuvent être multiples, j'imagine.

Maurianne acquiesce d'un bon hochement de tête. L'affaire est classée. En fait, pas tout à fait. Elle tente d'étouffer irrémédiablement mes angoisses, ou les siennes, en me racontant une autre série d'anecdotes sur le sujet. Je n'écoute plus. Mon esprit vagabonde dans le néant. Si un phylactère se dessinait au-dessus de ma tête, il n'y aurait qu'un nuage blanc.

Ma tendre folle termine son exposé par un baiser sur ma joue. Ce geste tendre marque une trêve de bavardage et laisse le champ libre aux vrombissements des moteurs, aux cris d'enfants et au sifflement du vent. Nous traversons maintenant le quartier en communion avec l'ambiance sonore de ce matin dominical et allons allègrement vers nulle part.

Milieu du jour, 9 septembre 2001, le cri du chacal
Il est bientôt midi. Maur et moi décidons de manger dans n'importe quel restaurant que nous trouverons sur notre

chemin. Nous sommes affamés! Notre déjeuner liquide repose déjà loin, à l'intérieur de notre vessie. Le grognement de nos estomacs nous transforme en rapaces.

Au coin de l'avenue de l'Aventure et de la rue Tilt, nous entrons dans une *binerie*. À l'intérieur, le gras a préséance sur l'oxygène. Nous sommes en terrain connu. Nous nous gavons de toutes les horreurs qui font la spécialité de la maison : poutine, hot-dog, rondelles d'oignons et boisson gazeuse d'un million de litres pour bien éructer le tout.

Nous voilà rassasiés. C'est horrible. Et tant qu'à être ignominieux, nous ébruitons nos excès sans ménagement. Je gagne le concours du rot le plus bruyant, ma hyène, celui du plus long. On s'amuse avec ce qu'on peut.

Après notre festin, nous prenons l'autobus afin de regagner notre tanière. Notre repas nous reste sur l'estomac. Nous sommes ankylosés et solidement encrassés. C'est bien fait pour nous. Assis sur le banc du bus, Maur lutte contre Morphée. Son combat est sans merci. Elle succombe après cinq longues minutes de boxe inconsciente. Sa tête s'affaisse sur mon épaule et son esprit voyage au pays des rêves. Souhaitons-les roses et courts.

Je scrute les visages des passagers. Ils esquivent mon insolente observation. Au fond du véhicule, des yeux m'accueillent avec douceur, je m'y attarde ; ils semblent ravis. Je lis une étrange complicité dans le vert océan des prunelles de l'inconnue. Sa bouche esquisse un sourire délicieux. Je suis conquis.

La jeune courtisane se lève. Elle porte une longue robe noire dont les poignets sont ornés d'une fine dentelle. Ses bottillons lacés luisent sous la lumière du jour.

Je suis incapable de détacher mon regard. Je la détaille sans gêne. Son visage s'illumine sous l'effet d'un ravissement assuré. Elle passe devant moi au ralenti avant de s'immobiliser quelques instants devant la porte de sortie. Elle laisse une main furtive effleurer un banc en se préoccupant, avec un malin plaisir, d'un ailleurs incertain. Les traits de son visage sont raffinés, presque polis, et sa peau satinée semble aussi tendre que celle d'un nouveau-né.

L'autobus s'arrête. La Belle hésite un moment avant de descendre. Elle s'assure que son image s'imprègne dans ma mémoire. Elle me jette un dernier regard coquin. Puis, elle disparaît comme une vision angélique, spectrale, spectaculaire. Je suis envoûté.

Le charme n'opère qu'un bref moment. Mon regard croise celui d'une matrone enragée. Elle me signifie par son air patibulaire qu'elle désapprouve mon égarement sur la plage dorée de la beauté. Il n'en fallait pas plus pour que je culpabilise. La vieille harpie semble satisfaite. Sa réprimande a marqué le point. Je fixe pitoyablement le sol comme un enfant en pénitence. Nous avons tous trois ans dans nos cœurs d'adultes. Nous portons tous un enfant démuni, prostré dans un coin sombre de notre esprit. Il suffit d'un regard, d'une parole ou d'un geste désagréable pour l'entendre larmoyer dans son placard et nous rendre aussi vulnérables qu'un blanchon encerclé par des chasseurs. Pitoyable!

14 heures 25, 9 septembre 2001, zone de dérapages
Nous arrivons bientôt à destination. J'effleure le visage de ma Maur. Elle ne se réveille pas. Je la pousse un peu. Elle rumine et balbutie quelques griefs sans ouvrir les

yeux, puis elle pose sa tête contre la vitre du bus. Je la secoue avec insistance. Elle maugrée et *créole*. Ce n'est pas le réveil de la Belle au bois dormant, c'est la résurrection du diable de Tasmanie. Allez Belzébuth! Il faut se remuer le saindoux.

Maurianne se lève péniblement. Elle actionne la sonnerie pour demander le prochain arrêt. Le bus s'immobilise en freinant en cascade. Cha-cha-cha. Je croise le regard de la vieille matrone, je la vilipende d'un geste vulgaire puis sors du bus. Maur ne comprend pas mon comportement.

— Qu'est-ce que tu as?

— Sa laideur me donne la nausée.

— Franchement, Christophe.

— Ça ne devrait plus circuler librement, des horreurs pareilles. Il y a des cirques ou des maisons de retraite pour ce genre de bêtes.

— C'est toi qui es bête.

J'ai réussi à lui transmettre ma mauvaise humeur. Maintenant, Maur se plaint de ses chaussures qui lui blessent les talons, elle peste contre la piètre qualité de l'air en ville et, au final, elle fait la moue.

— Si tout le monde prenait le transport en commun aussi.

— Très bien, ma belle, alors vendons notre voiture.

— T'es con!

— Ce qui est valable pour les autres l'est aussi pour nous, non? Maurianne?

Ça y est, je l'ai vexée. Elle se méprend sur mon intention. Je suis sincère quand j'affirme vouloir me débarrasser de notre tas de ferraille. Malheureusement, ce n'est pas pour des considérations environnementales. C'est une question de sous. Je convertis tous les coûts défrayés pour l'entretien, l'immatriculation, et l'essence de notre bagnole en grammes de *marie-joue-là* constants. Je pourrais sextupler ma consommation hebdomadaire sans jamais mettre en péril notre budget de fonctionnement. Je planerais au septième ciel.

Une envie soudaine de griller une substance illicite m'envahit. J'invoque n'importe quelle raison pour la justifier : cette journée fut trop éprouvante pour rester sans compensation ; cette journée fut trop belle pour terminer sans planer ; cette journée fut trop stressante pour ne pas en arriver à une ultime détente.

Je laisse ma Maur sur le pas de la porte.

— Je dois aller au dépanneur.

— Pourquoi ? Qu'est-ce qui manque ?

— Des trucs.

— Comme ?

— Euh… du lait. Je dois aller chercher du lait.

— J'ai ouvert un litre ce matin.

— Je… Je vais acheter un écrémé. C'est pour notre régime.

— Ah bon ! Mais qu'est-ce qu'on va faire avec le litre ouvert ?

Tu pourrais le balancer dans le néant avec le reste de tes questions à la con !

— Bon, eh bien, je vais garder le lait « gras » pour le café.

Maurianne me regarde avec cet air incrédule qui me hérisse. Je déteste lui mentir. Je hais le mensonge. J'éprouve une telle honte que je voudrais me frapper la tête contre le sol jusqu'à ce que mort s'ensuive. Je suis un vilain garnement. Vilain, vilain.

Mon envie de fumer est plus forte que tout. Je dois me rendre à l'évidence. Je ne suis pas un homme de vertu ni de principes. Je ne suis qu'un sale jouisseur. Je veux ma dose de poison. Tant pis pour la morale et tant pis pour la promesse, j'ai besoin de me droguer.

Je quitte l'appartement en courant et me dirige étrangement vers le dépanneur. Tout le long du trajet, je me dis qu'il serait si sage de dire non à mon envie de m'intoxiquer et de passer le reste de la journée à bavarder, à bricoler, à jouir. Mais rien de tout cela n'éveille en moi ne serait-ce que l'ombre d'un enthousiasme. Quelques jours sans stupéfiant, ce n'était pas si mal. Au-delà de cette courte pause, c'est insupportable.

Je progresse d'un pas rapide en ne sachant plus vraiment quoi faire : Ali, maison ou dépanneur, folie, raison ou lait écrémé. Je commence à me sentir oppressé. J'éprouve le besoin de courir. Je cours à toutes jambes vers un abribus. Un panneau-réclame vante les mérites d'un yogourt sans gras. J'en ai ras le pompon de toutes ces allusions aux lipides. Viandes sans gras, produits laitiers sans gras, croustilles sans gras, gros tas sans gras. Je n'ai qu'une chose à dire à tous ces marchands d'aliments dénaturés : cannabis !

Je rebrousse chemin avec la même cadence. Arrivé en face de ma porte, je bifurque chez mon fournisseur. J'y achète le nécessaire pour une semaine de délire garanti. Je dissimule le tout à l'intérieur de mes chaussettes. Mon ami herboriste m'observe d'un air médusé.

— Dis, mec, tu ne fais pas tout ce cirque parce que la maison est surveillée, hein ?

— Si. En fait, non. C'est que j'ai promis à ma tendre moitié que je ne rentrerais plus ce genre de marchandise à la maison.

— T'as qu'à acheter de plus petites quantités, mec.

— Et revenir plus souvent ? Pas question.

— Woh, mec, elle sait pour mon commerce ?

— En général, je n'ai pas de secrets pour elle.

— Il ne faudrait quand même pas trop ébruiter mes activités, mec.

Avec ces petits sacs enfouis dans les chaussettes, j'ai des mollets de cycliste. Il sera difficile de faire une entrée discrète. J'espère que l'inspectrice en chef aura la tête dans un placard.

En sortant de chez mon détaillant de produits illicites, j'aperçois Furibonde 1re qui me regarde par la fenêtre. Je n'ai vraiment pas de veine. Mes bagages ne franchiront pas la douane arabo-haïtienne.

14 heures 59, 9 septembre 2001, zone de conflit

Maurianne m'ouvre la porte. Elle tient un pot à lait. Elle affiche un large sourire. Je n'y comprends rien.

— Bonjour, mon petit Christounet. Tu vois, le méchant lait lait tout gras dort maintenant dans son petit pot pot.

— Comment ?

Ça sent la crise d'hystérie. Je dois limiter les dégâts.

— Je suis allé payer une dette de tu sais quoi à mon mon…

— Tu devais de l'argent à ton ton…

— Euh oui.

— C'était pour ça, ton petit air épais de tout à l'heure. Tu sais, Christophe, tu peux me parler franchement. Tu n'as pas à te donner de prétextes pour faire ce que tu as à faire.

— J'avais peur que tu croies que j'allais acheter de de...

— Parce que t'allais pas acheter de de?

— Non. Tu en doutes?

— Pas du tout. La confiance est la base de notre couple, non?

La phrase est assassine, mais je ne bronche pas et persiste dans le mensonge.

— Je n'ai rien acheté.

— Christophe, je comprends qu'un sevrage peut être infernal. Si tu as succombé, tu peux me le dire.

J'abandonne. Je me déleste de ma cargaison. Ma douanière la ramasse en évitant de commenter la quantité phénoménale de stupéfiants.

— J'apprécie ton geste.

Le commentaire est balancé d'une voix neutre. Ma douce matrone évacue ma came dans les chiottes, puis va s'installer au salon. Une fois la commotion dissipée, je recouvre l'usage de mes jambes et vais la retrouver sur le divan. Elle regarde la télévision en silence. La chaîne de l'ennui diffuse une info pub. Des tarés font la démonstration que des couteaux de cuisine peuvent scier du ciment et des tuyaux de métal sans s'abîmer. On n'arrête pas le progrès.

— Il faudrait se les procurer. Ça serait génial de pouvoir enfin couper les steaks ou les côtelettes de porc que tu prépares avec tant d'amour.

Si j'avais voulu attiser les feux de l'enfer, je n'aurais pas pu trouver mieux. Ma furie ne réagit pas. Elle échappe même un petit rire distrait. Il semblerait qu'elle ne veuille pas poursuivre sur le sujet de ma rechute. Elle ne me fait plus la gueule. Tant mieux.

22 heures 40, 9 septembre 2001, zone interdite
Je tremble. La perspective de ne plus fumer m'affole. Ma taupe dort depuis vingt minutes. Ma mauvaise conscience me somme d'aller chercher quelques grammes de bonheur chez mon fournisseur. Je cède à la tentation, sors de l'appartement en coup de vent et traverse la rue sans regarder. À la porte du paradis, je martèle la sonnette.

— Salut.

— Déjà ? Dis donc, mec, il y a un *fumefest* chez toi ?

Mon pharmacien secoue la tête et m'invite à entrer. L'appartement est plus en désordre que tout à l'heure. Et je suis poli. C'est un capharnaüm digne d'une chambre d'adolescente en révolte. Dans le corridor, des gorilles aux allures de narcotrafiquants me dévisagent. Je leur souris stupidement en attendant la marchandise.

— Vous êtes de nouveaux pensionnaires ?

Personne ne réagit à mon propos. Ici, on brasse de grosses affaires louches et on brasse probablement les individus louches qui n'ont pas d'affaire ici. Je me tais.

Mon fournisseur sort de sa chambre forte, embarrassé.

— Je n'ai pas ce que tu cherches, mec. Repasse demain.

— D'accord, il n'y a pas d'urgence. Je vois que tu as de la visite et je...

— Tu vois quelqu'un ici? me demande doucement une des gentilles crapules.

— Tu n'aurais pas quelque chose de mieux à lui offrir? demande l'autre truand.

— Tu pourrais même lui offrir un petit échantillon gratuit.

Ali me dévisage avec insistance. Il y a requin sous roche. J'ose intervenir.

— Sans façon. Je suis vendu au gazon maudit. Je ne suis pas du type explorateur.

— Essaie donc notre préparation spéciale! insiste un des gaillards.

Mon herboriste renchérit.

— À la quantité de produits que tu achètes, mec, il serait bien de passer à autre chose.

Il tire de sa poche un sachet de dragées surprises, toutes roses, toutes inquiétantes…

Par ses grimaces, Ali me télégraphie d'accepter l'offre. J'empoigne le produit et quitte les lieux la tête enfoncée dans les épaules. C'est bête, mais j'ai l'impression qu'on pourrait me trouer la peau. Pourtant, ils avaient l'air si gentil, les amis d'Ali.

De retour à la maison, je fais l'inventaire des psychotropes restants. Je dénombre: un fond de rhum dans l'armoire, une vulgaire bière de microbrasserie dans le réfrigérateur et le sachet de pilules suspectes en poche. C'est tout.

Par esprit d'aventure, je ne prends qu'un cachet illicite avec une lampée de jus de fruits. J'attends. Il ne se passe rien. Je suis rassuré. J'ouvre la bière, m'installe dans mon fauteuil et m'attelle aux écouteurs.

Dans le lecteur de disque, il y a Mahler et sa cinquième symphonie. La sélection me convient tout à fait. L'heure est au recueillement et à l'oubli des vicissitudes de ma vie. Et justement, un Nouveau Monde se déploie au cœur de mes pérégrinations mentales. Le visage de la Belle du bus s'intègre à des décors d'un romantisme exaltant. Je plane.

Le passage à l'adagietto évoque une allée de platanes sous un brouillard matinal. C'est une fête champêtre où la Belle joue de ses attraits au cœur d'une foule d'une époque lointaine. Je suis impressionné, impressionniste. Je m'imprègne corps et âme de clichés picturaux nourrissant mes chimères. Les violons attaquent le crescendo de la dernière mesure de la symphonie avec une émotion surnaturelle. C'est la fin de l'évasion. Le sommeil m'appelle aux rêves endormis. Je vais me coucher.

En raison de mes maladresses, Maurianne se réveille. Elle se tourne vers moi et me beugle avec son haleine pestilentielle :

— Christophe ?

— Non, c'est l'inconnu de tes fantasmes…

— Mon fantasme n'empeste pas l'alcool. Décolle.

— Fais de beaux rêves, ma belle Maur.

— Dis, tu es saoul ?

— Euh…

— Il faudrait peut-être que tu ailles chercher de l'aide, non ? Remplacer l'herbe par l'alcool, c'est assez ordinaire, non ?

Maurianne parle d'un mauvais ton. Imputons-le à l'interruption de son sommeil.

— Dors, maintenant. Sinon, tu vas encore te plaindre de ne pas avoir eu le temps de faire tes gros exercices matinaux.

Avant d'entrer en désintoxication, je devrais suivre une cure de silence dans un monastère. Furibonde 1re bondit hors du lit, puis elle rugit l'ensemble de tous mes travers. J'absorbe le tout avec un grain de sel.

D'accord, j'entrerai en cure fermée…

Message reçu cinq sur quatre !

Quatrième partie

Jours J pour Catastrophes

Matinée du lundi 10 septembre 2001,
jour J pour Accalmie
Je me sens reposé. Je n'ai jamais aussi bien dormi. Je n'ai ni gueule de bois ni quinte de toux. J'ai même rêvé en couleur cette nuit. Les comprimés que m'a fourgués Ali ne contenaient rien de nocif; c'était peut-être un antidépresseur concocté par les Grands Conspirateurs. Après tout, s'ils pouvaient nous passer en douce un euphorisant qui ne compromettrait pas notre productivité, le mécanisme social roulerait à billes et le Capital en sortirait enrichi. Ils sont futés, ces canailles. Ils sont partout aussi. Ils nous poursuivent via les écrans des téléviseurs, des ordinateurs et maintenant, ils infiltrent nos réseaux clandestins pour niquer notre liberté.

Oh là là, la paranoïa!...

J'angoisse toujours pour rien. Si je dois absolument changer quelque chose dans ma vie, c'est bien cette propension à imaginer des complots partout; rien à voir avec mes mauvaises habitudes. Bon. Faisons de l'auto-suggestion pour m'enfoncer du positivisme plein la tête. La forêt boréale se porte bien, l'odeur de solvant qui s'échappe de l'usine d'à côté est en réalité une brise de fraîcheur et la mort est un doux passage vers le paradis.

Je me sens déprimé. La béatitude ne me réussit guère.

Maur apparaît dans la cuisine, tout sourire. Je suis sidéré. Je ne comprends pas la transformation radicale de son humeur. Même s'il y a anguille sous roche, j'évite de la suspecter : Maurianne est simplement heureuse parce qu'elle souffre d'amnésie.

— Ça va, Christophe ?

— Très bien et toi ?

— Mais je vais très bien, Christophe. Tu ne m'en veux pas pour hier ?

— Il s'est passé quelque chose de fâcheux hier ?

— Bien sûr que non, mon beau petit cul. Je me demandais seulement si l'opération désherbage t'avait causé un quelconque désagrément. Étant donné ton air décontracté, je me demandais s'il y avait eu une petite sortie nocturne ?

— Seulement pour aller chercher d'autres drogues, très chère Mauriannette.

— Je suis ravie de ta confidence.

— Ce ravissement semble cacher une grande déception.

— Disons que j'aurais espéré un peu de retenue pour un soir.

— Fait cocasse. Je n'ai rien acheté. Mon fournisseur était à sec ! Devrais-je encore me heurter au rempart de ton incrédulité ?

— Je trouvais étrange que tu me dises que tu étais sorti. D'habitude, quand tu fumes de l'herbe, il plane toujours une odeur de mouffette dans la maison. Ce matin, ça ne sentait rien.

— Alors, tu me crois ?

— Mon pif t'accorde le bénéfice du doute. J'espère qu'hier était la dernière fois que tu me mentais. Je ne t'ai jamais empêché de faire quoi que ce soit dans le passé, parce que je me disais qu'il n'y avait rien de bien méchant à fumer un petit joint. Mais là, c'est maladif. Tu sais, je n'essaie pas de te faire chier. Je tente seulement de prendre soin de nous. En tout cas, je suis fière de toi.

— Il n'y a vraiment pas de quoi. Mon abstinence était bien involontaire.

— Volontaire ou pas, ça fait maintenant trois jours sans fumer. C'est bien, non?

Ma jolie enquiquineuse n'affiche pas la satisfaction qu'elle aurait dû tirer de cette victoire (qui n'en est pas tout à fait une, mais bon). Je la sens préoccupée.

— Ça va, ma jolie?

— Oui.

Maurianne prépare son déjeuner en me livrant une diarrhée verbale sans lien avec ma sobriété. Elle me baratine en cherchant à détourner l'attention de ce qui la préoccupe. Ça s'entend! Suis-je le seul à cacher un secret? Qu'est-ce qu'elle mijote? Est-elle au service des Conspirateurs? Je débloque! Mon cerveau se sature de ses mots. Ma jacasseuse obtient probablement ce qu'elle désirait. Je suis maintenant ailleurs. J'acquiesce à tout hasard à ses paroles. Elle se croit totalement écoutée. Je constate avec quelle aisance je peux simuler une écoute intéressée tout en étant hors champ. Il est six heures quarante-deux et ma tête marivaude dans le vide.

— Cette nuit, j'ai marché sur une fourchette tenue par un Colombien qui mangeait du spaghetti dans notre salle de bains…

Furibonde 1re démasque astucieusement mon absence. Sa bonhomie se commute en une forme aiguë de maussaderie. Je murmure de pâles excuses qui demeurent sans écho. Après un début aussi chaotique, lundi dix

septembre s'inscrit sous la rubrique « à oublier ». Ça mérite quelques comprimés.

— C'est quoi?

— Euh… Des comprimés d'ail cryogénique!

— Et ça guérit quoi? L'air bête?

— C'est bon pour le cœur.

— J'en prendrais une. À moins que ce soit autre
chose. Non? Allez, donne!

Je lui tends un comprimé. Elle le saisit entre ses doigts
puis l'avale sans eau. L'air hébété, j'attends une réaction.
Maur me regarde avec une moue à faire peur.

— Quoi?

— Non rien…

Maurianne se dirige vers notre chambre. Elle me trouve
étrange. Elle n'arrête pas de me demander pourquoi je la
talonne ainsi. Je ne dis rien. Je ne sais pas quelle saloperie
je lui ai fait avaler. Maur a beau être capable de descendre
quatre ou cinq verres de rhum sans broncher, j'ignore ce
que pourraient lui faire des stupéfiants. Quand nous quit-
terons notre nid douillet pour nous retrancher dans nos
états-majors, je l'appellerai aux heures afin de vérifier si
tout va bien. S'il n'y a rien à signaler de particulier, c'est
qu'Ali m'a bien eu avec ces comprimés roses! Sacré Ali!

Matinée du mardi 11 septembre 2001, jour J pour déjà-vu
Les préparatifs matinaux se sont exécutés sans embrun.
Maurianne a gobé une autre dragée illégale. Le produit
ne semble pas l'affecter. Tant mieux.

Ma jolie a mis de côté son acrimonie et meuble notre
voyage vers la servitude avec des anecdotes aussi épicées

qu'insipides. J'en conclus que les affreux trafiquants de mes deux se sont moqués de moi et qu'ils m'ont donné un placebo pour que je parte au plus vite. En accord avec ma nouvelle philosophie positive, je me dis que nous avons vraiment consommé de l'ail cryogénique et que nous vivrons mille ans.

Maurianne me dépose à la station de métro. Je prends place dans un des wagons et m'amuse à dévisager les passagers. Ils m'apparaissent tous familiers. Normal, nous sommes tous assujettis à nos quarts de travail. Nous sommes piégés par des habitudes convergentes. C'est la victoire du conformisme. Il paraît que c'est bien ainsi. Je m'en balance. Tout est parfait dans ce monde merveilleux. Je suis commis à l'inventaire, sociologue dans la tête et à vingt-cinq ans, je suis jeune, en forme et sobre.

La monotonie du voyage m'endort. Je bâille à m'en décrocher les mâchoires. Tout le monde somnole d'ailleurs. Personne n'ose sourire. Les regards sont livides, les mines déconfites, les postures asthéniques et les haleines perfides. Nous sommes vraiment une bande de valeureux guerriers. Notre société a de l'avenir.

Nous franchissons les stations dans un silence d'église. Nous valsons au gré des arrêts. La rame s'immobilise enfin à mon point de chute quotidien. Je foule le quai de la gare Centrale en compagnie de mes amis de servitude. Je m'engage dans le tunnel menant à l'escalier de ma tour à Bourreaux. La vague de travailleurs me transporte jusqu'au corridor menant au centre commercial.

Soudain, un déjà-vu m'assaille. Mes pas résonnent en écho dans ce couloir étrangement désert. Je plonge à fond dans cette sensation surréaliste. La vision s'imprègne. Je vois des formes s'animer devant moi. Ce sont des agents affectés à la livraison d'argent. Sans pouvoir me l'expliquer, mon cerveau me commande de me plaquer au sol. Je résiste à l'appel de l'instinct. Je tiens à m'assurer que tout ceci est réel.

Des individus armés braquent les agents. Des coups de feu fusent de partout. Je me couche au sol. Je tremble de peur. Un silence de plomb envahit les lieux. J'ose lever la tête. Il n'y a rien.

Je me sens complètement ridicule. Heureusement, il n'y a pas de témoins de ma démence. Je me relève et dépoussière mon veston. Au loin, les mêmes agents font leur apparition dans le corridor. Ils se postent devant la porte du centre commercial. Ils exécutent leurs manœuvres avec la même précision que dans ma vision. Puis, des hommes armés surgissent. Ils braquent les agents. Des coups de feu fusent de partout. Je me baisse avec scepticisme. Une balle me frappe l'épaule. Je m'affaisse au sol.

Une brûlure insoutenable m'assaille. Je ne veux pas gémir. Je joue le mort. Je prie le ciel pour ne pas mourir. Les tirs cessent. Des pas martèlent le sol en se dirigeant vers moi. Quelqu'un me loge une balle dans le dos. Je me tords de douleur. Avec peine, je repère mes assaillants. Ils courent dans le couloir. Des cris retentissent du côté du métro. D'autres coups de feu se font entendre. Mon esprit vacille.

Dans mon inconscience, des images de ma vie défilent avec une vélocité effarante. Je vois Maurianne. Elle a un rire d'enfant. Elle m'embrasse avec une passion dévorante. Je sens des larmes de bonheur couler sur mes joues. Les images s'étiolent. Je sursaute.

Je suis assis dans le wagon de métro. Mon visage pétrifié attire le regard des passagers. J'élude le mystère. Je consulte ma montre. Il est huit heures vingt et nous sommes le onze septembre. Le train s'immobilise à la gare Centrale. J'essaie de tenir debout sur mes jambes molles. Je marche d'un pas hésitant sur le quai. Les usagers me bousculent. Je m'écarte du troupeau hurleur et m'assieds sur un banc. Je sue sang et eau et m'interroge sans fin. Il n'y a pas l'ombre d'une réponse qui se profile dans ma tête. Une hypothèse surgit du tréfonds de ma raison. J'ai dû m'endormir et pour une fois j'ai fait un rêve étrange. Je respire à fond afin d'évacuer toute trace de peur. Je me sens beaucoup mieux.

Je foule le quai de la gare Centrale sans mes amis de servitude. Je m'engage seul dans le tunnel menant à l'escalier de ma tour à Bourreaux. Mes pas résonnent en écho dans ce couloir désert. J'ai la vague impression de revivre mon cauchemar. Un vent de panique s'empare de moi. La vision s'accomplit encore une fois?

Je vois des formes s'animer devant moi. Ce sont les agents de sécurité. Sans pouvoir me l'expliquer, mon cerveau me commande de déguerpir. J'obéis et retourne au pas de course vers le métro. Des coups de feu mêlés de cris tonnent du côté du centre commercial. J'accélère et me cache derrière une poubelle. Je garde mon calme et observe le fil des événements. Les malfrats surgissent en trombe du tunnel. Ils tirent sur tout ce qui bouge. Ils atteignent une jeune femme au bras. C'est la Belle!

Je vole à son secours. Une balle siffle derrière moi. Les cris de panique se multiplient. J'arrive près de la Belle. Ses yeux me supplient de ne pas l'abandonner. Une rafale de plombs m'atteint dans le dos. Je hurle de douleur. Je tombe. Je sursaute.

Je suis assis dans le wagon de métro. Mon visage mortifié attire le regard des passagers. J'élude le mystère en consultant ma montre. Il est huit heures vingt-deux et nous sommes le onze septembre. Le train s'immobilise à la gare Centrale. J'essaie de tenir debout sur mes jambes molles, puis je marche d'un pas hésitant vers la sortie du wagon. L'empressement des usagers les incite à me bousculer. Je laisse passer le troupeau qui quitte le train, puis je retourne vers mon banc. Au seuil de la porte, j'aperçois la Belle. Je ne cherche pas à étouffer cette pulsion de l'interpeller. Elle me regarde, mystifiée. Je me précipite sur elle et l'empêche de sortir du wagon. Elle se débat. Un citoyen en mal d'héroïsme se jette sur moi. Il m'assène un coup de poing au visage. J'encaisse difficilement son crochet et reste étendu au sol. Des murmures accompagnent mon absence.

Lorsque je retrouve mes esprits, je relève la tête. La Belle vocifère et mon agresseur me fustige. Je rampe jusqu'à ma place et me hisse sur le banc. Par la fenêtre du train, je regarde le ballet des néons bleus défilant dans le tunnel. Il est maintenant huit heures vingt-trois et je file vers une station inconnue. C'est la grande aventure !

Le commis à l'inventaire fixe maintenant la Belle et la Brute d'un air hagard. Les deux larrons se dressent devant lui, mais le commis ne trouve rien à leur dire. Le sociologue puise dans ses notions de psychologie et tente de comprendre le mal qui le ronge. La Belle exige une explication. La Brute demande réparation. Le détraqué souhaite qu'on lui fiche la paix.

Le train stoppe sa course à la station inconnue. La Belle sort du véhicule en maugréant. La Brute la suit en injuriant le commis qui, bien malgré lui, semble les suivre hors du wagon. Les portes tardent à se refermer. Une voix de baryton annonce que le service est maintenant interrompu sur la ligne orange entre la station des Banlieusards et celle des Citadins à la suite d'un incident à la gare Centrale. Le devin secoue sa torpeur. Il vérifie s'il nage en plein délire en se pinçant le bras. Aïe! Il n'y a pas de doute, je suis maintenant synchro avec la réalité.

Matinée du mardi 11 septembre 2001,
jour J pour Errance

J'ai vingt-cinq ans, je ne suis pas sociologue, mais toxicomane, schizophrène ou bien prophète. J'appelle Maurianne d'un téléphone public.

— Maur? C'est moi, ça va?

— Oui, mais… pardon. Je n'ai vraiment pas de temps à te consacrer. Ça chie un max ici! Quelque chose d'important?

— Non. Ça va. Je vais bien. Je t'aime. À plus!

— À plus… T'es sûr que ça va?

— Bien sûr.

Bien sûr. Je viens seulement de vivre le pire cauchemar de ma vie.

Je ne peux pas aller travailler dans cet état. Je m'accorde un congé. Ceci étant décidé, je nage dans les canaux de la ville comme un saumon regagnant son lit de frai ; je me déplace d'instinct. Et puis, STOP. Je ne souhaite plus vraiment rentrer à la maison. Je ne sais pas quoi faire de mon corps. Je demeure immobile au milieu de nulle part. J'attends que quelqu'un me sorte de cette hallucinante matinée. Personne ne vole à mon secours. Je me remets en marche. La désertion du navire de la servitude me permet d'errer sur les chemins de la cité. Le temps est bon et la lumière du jour éblouit mes yeux embrumés. Les gens défilent indifférents et reclus dans leur petite existence. Il y a pourtant des drames qui se jouent partout, surtout dans ma tête.

Tout à coup, une étrange aura englobe les promeneurs solitaires. Des anonymes s'adressent nerveusement la parole. Les gens se questionnent, s'interrogent, puis téléphonent. J'hallucine ?

Une petite meute de badauds s'arrête devant la vitrine d'un magasin de meubles. Je m'approche d'eux avec circonspection et lorgne l'objet de leur fascination. Un écran offre des images d'un incendie au World Trade Center de New York.

Aussitôt, j'effectue la tournée des boutiques d'idiots visuels. Je cherche les traces d'un reportage qui couvrirait une tuerie à la gare Centrale, mais les mêmes images de la catastrophe accablant la Big Apple sont présentées en boucle sur toutes les chaînes. Maudits soient les Américains, ils réussissent toujours à accaparer l'actualité d'ici. Un avion qui percute une tour, c'est toujours plus spectaculaire qu'un braquage dans un métro. Le bilan de cette catastrophe doit être supérieur à la petite fusillade locale. Il y en a qui n'ont vraiment pas de veine. C'est la vie.

J'aurais bien aimé qu'on parle un peu des événements de la gare Centrale. Je ne sais plus si c'était une folle hallucination. Pourtant, le message d'interruption de service était bien réel. Je suis perplexe.

Je reprends la route de l'errance et marche dans un brouillard opaque. J'ai l'impression de vivre sur du temps emprunté. Je suis le fugitif du destin. Cette certitude tient à cette sensation étrange d'appartenir à un autre monde. Je suis terrifié. Je croise un clochard. Peu de chose nous sépare ; peut-être l'odeur, mais pour le reste… Il promène un regard inquiet sur moi. J'ai l'impression de lui faire l'effet d'une apparition mystique. Je ne sais plus si j'interprète tout de travers, mais le sentiment d'être une curiosité s'amplifie. J'éprouve un profond malaise d'être encore de ce monde. Mes jambes s'activent. Je cours prendre un bus.

Mardi 11 septembre 2001, 9 heures 55,
jour J pour Transaction
Rentrer à la maison était pour moi la seule option. J'appelle immédiatement Maurianne. Je la dérange encore. Elle est débordée. Je ne lui raconte ni les événements de la station ni l'avion qui a percuté la tour. De toute manière, Maur me raccroche la ligne au nez.

Je reste un moment au bout du fil. J'écoute le message enregistré qui m'invite à raccrocher. J'obtempère à la quatrième sommation. Mes yeux se perdent dans le vide. Mon cerveau multiplie les scénarios bidon. Soudain, j'étouffe entre les quatre murs de mon appartement. Je dois sortir. Mon nid douillet me rend fou. Tout est trop bien rangé, tout est trop propre, tout est trop immobile, tout embaume l'horripilante routine. Je décampe.

Si j'étais fortuné, je partirais pour l'Inde et revêtirais le *kesa* des moines bouddhistes. Je me contente de traverser en face de chez moi. Je tambourine sur la sonnette d'un doigt insistant. Mon grand herboriste ouvre la porte et me regarde à peine. Il m'invite à entrer sans cérémonie. Il tasse du pied des fragments de verre qui jonchent le plancher. Il y a eu de la casse ici. Je me fais discret. Ali disparaît dans sa caverne.

J'entends des voix. Ali est encore coincé avec ses quarante voleurs ? J'ai le goût de déguerpir ; mes jambes n'obéissent plus, sans doute épuisées par le sprint de tout à l'heure.

— J'ai reçu d'autres cachets ce matin, mec. Si tu en veux, c'est offert par la maison.

Ali affiche une sévère contusion en dessous de l'œil gauche. Il ne sourit pas, évite mon regard et semble vouloir conclure la transaction au plus vite.

— Si je tombe mal, tu peux…

— Non ça va, mec ! Alors, tu en prendras ?

Ali me parle à voix basse. Il susurre. Ça n'a rien de bien rassurant. Et pourtant, je ne fuis pas. Mon instinct de survie est mort dans le métro ou bien je suis en manque sévère.

— Je préférerais le produit habituel.

— T'as essayé les cachets, mec ?

— Oui, mais… En fait, Ali, qu'est-ce que c'est que ces dragées ?

— Des bidules. Un essai du labo. T'es un putain de rat de labo, mec. C'est pour ça que c'est gratos ! Dis, ça fait effet ?

— Euh non. Rien de notable.

Les gestes d'Ali trahissent une tension inhabituelle chez lui. Je sens qu'il cherche à me confier quelque chose. Avec le bordel régnant dans sa demeure, Ali me réserve une mauvaise surprise.

— Bon, ne bouge pas, mec! Je vais chercher ton truc. J'en ai reçu ce matin, mais avant, j'ai un service à te demander. Euh… Tu es certain que les comprimés ne te font vraiment rien, mec?

— Non. Pourquoi?

— J'aimerais que tu gardes quelque chose pour moi.

Ali disparaît dans les profondeurs de sa grotte, puis il engage une conversation animée avec ses complices. Au bout d'une éternité, il réapparaît avec un gros sac de dragées surprises.

— Prends le sac, mec, et cache-le chez toi!

— Pourquoi?

— Je ne dois pas les avoir en ma possession. Tu vois, les mecs d'hier, eh bien, ils ne m'ont pas autorisé à les distribuer. Je dois m'en débarrasser pour ce soir. Mais comme j'ai l'intention de les vendre plus tard… Alors j'ai besoin d'une cachette. En échange, je te fais trois petits sachets gratos, ça te va, mec?

— Pas de problème.

Je sais, je sais…

Mardi 11 septembre 2001, jour J pour Transcendance
Je suis en état de grâce. J'ai maintenant sous la main trois petits sachets d'herbes célestes et un sac de bonbons maudits. Sans attendre, je cours à la maison et me roule deux kifs bien farcis. L'inhalation est douce comme une coulée de miel. Je sens le poison s'infiltrer dans mes

capillaires. Mes poumons s'emplissent de brume et mon sang transborde le THC jusqu'au cerveau. Je suis calme et prêt à faire face à l'adversité.

Je prends deux comprimés roses pour la route. Je me paie un bonus pour la garde partagée du sac illicite. Je dissimule le reste des pilules sur le dessus du réfrigérateur et place la boîte de mouchoirs devant. Si Maur ne contracte pas de rhume, elle ne devrait pas les trouver.

Je retourne dans le monde extérieur. Je marche sans but véritable. Je lévite. Puis, une idée se précise sur le pourquoi de mes pas erratiques sur le trottoir. Mon cerveau déraille et tous mes sens sont dans le fossé. Il n'y a qu'une seule manière de tout remettre sur la voie. Je reprendrai le bus.

J'attends à l'arrêt de la ligne Buissonnière en fixant le ciel. Je ne connais pas les horaires de passage, mais l'attente ne me dérange guère. Je plane au-dessus des nuages. Des chansons idiotes me viennent à l'esprit. Je les fredonne à voix basse. Puis, quelques refrains plus tard, je les chante à voix haute. « Je la chante ma chanson », comme le chante si bien l'autre demeuré.

La vie est empreinte de légèreté aujourd'hui. Je ne pèse plus cent vingt kilos, ma situation professionnelle est exceptionnelle et ma condition de siphonné est une rédemption. Je me libère de mon enfance sabordée par l'absence paternelle. Je relègue au banc des oubliés mes heures d'angoisse passées aux côtés d'une mère maniaco-dépressive. Je suis désormais né d'un œuf pondu par la Providence et fécondé par une spore égarée. Je suis né d'hier et vis aujourd'hui sans craindre demain. Je suis Christophe sans nom, un colon sans passé, vivant sur un bout de terre sans racines et dépossédé de toute souveraineté. Je suis sans être. Je suis, tu es, il laid. Bon sang que septembre est long.

Après mille heures d'attente, un fiacre bleu s'immobilise à mes pieds. J'y monte d'une manière princière, décline mon identité et jette de la monnaie dans le calice de verre en guise de pourboire. Allez, valeureux cocher !

Ma calèche m'emmène jusqu'à un métro par lequel j'accède à la gare Centrale. Je m'apprête à confronter la réalité. Ce n'est pas le fruit de ma volonté. Je me laisse simplement guider par mes pas. Maudits soient mes pieds ! Qu'ils crèvent tous d'un pied d'athlète morbide !

D'un pas hésitant (ah, ces fumiers de pieds, si près du but et ils se dégonflent), je me dirige vers le lieu du crime. Dans le corridor de la tour à Bourreaux, il n'y a pas de banderoles de sécurité, pas de traces d'un quelconque drame : c'est vide. Il est quatorze heures et je marche dans le corridor de la mort où il n'y a pas de fantômes. Ai-je rêvé ? A-t-on déjà effacé les traces de la folie meurtrière ou est-ce ma propre folie qui m'évince de la vérité ? Pourtant, je suis persuadé d'avoir rencontré la mort ici ou d'avoir sauvé quelqu'un !?! Soudain, l'idée saugrenue d'un rendez-vous manqué avec la mort me pétrifie.

Je m'assieds sur une poubelle et attends que le temps passe. D'instinct, je fouille dans mes poches afin de trouver mon dernier remontant. Je l'allume comme si mon geste était légal. Je cogite longuement sur la troublante matinée que je viens de vivre. Les explications, aussi farfelues qu'incohérentes, se bousculent dans mon esprit. Ma mémoire se moque de moi. C'est tout à coup un black-out total. Ça n'allège pas mon tourment. Les seuls souvenirs qu'il me reste, ce sont ma ruée vers la Belle et la douleur que m'a infligée la Brute.

Après-midi du mardi 11 septembre 2001,
jour J pour Voyage
Le temps passe. Une longue absence faite de tableaux mobiles me divertit. Soudain, des flashs me reviennent : des braqueurs, des agents, des bruits de coups de feu, tous aussi réalistes qu'improbables ; j'oscille entre la sainteté et la folie.

Je mets en veilleuse ma boîte à souvenirs. Ma tête est lourde et mon esprit est las. Je change de carburant. Je m'assieds au café des Vieux Habitués. Je me goinfre de frites et de moules. La bière coule aussi à flots. Ici, il n'y a plus de place pour les ondes négatives. Je ne veux plus que des représentations positives de la vie. L'amour est bleu, le ciel est gris, la mère est morte, le cafard est boiteux et le houblon est brunâtre. Je le consomme, l'ingère, le digère et je m'exaspère d'être aussi benêt, aussi loin, aussi bien. Je n'ai plus peur.

Il est maintenant seize heures trente.

Il est déjà seize heures trente-cinq.

Il est bientôt l'heure de regagner mon logis.

Il est temps de reprendre le métro.

J'arrive à la station des Citadins. Terminus, tout le monde descend !

Je quitte le wagon accompagné par des dizaines d'esclaves du train-train quotidien. Je monte l'escalier de la soumission. Dehors, un vent parfumé au diesel souffle avec intensité. Emporté par une vague humaine, je me dirige vers l'avenue de l'Achalandage. La faune urbaine s'active, l'empire du conformisme étend ses ramifications jusqu'à la cadence de nos pas et la constellation des Sagittaires hurle que le neuf, le treize, et le quarante-neuf sont chanceux pour les Béliers ascendant moutons.

Je lorgne du côté du débarcadère des taxis. Comme d'habitude, j'y repère ma voiture. Un concert de klaxons s'orchestre autour de Maurianne qui ne bronche pas. J'accélère le pas, garde les yeux rivés au sol et m'engouffre à l'intérieur de la voiture. Un taxi recule et nous voilà coincés entre deux véhicules autorisés. Madame *Villeneuve* enfonce l'accélérateur au tapis et avec une manœuvre à couper le souffle, elle nous dégage de notre fâcheuse posture.

Furibonde 1re tempête contre ces brutes antipathiques.

— Si je n'empruntais pas pour deux minutes leur place d'embarquement, je devrais t'attendre à l'autre coin de rue. Et puis là, c'est défendu de se stationner. S'ils ne veulent pas de nous dans leur plate-bande, qu'ils réaménagent le tout pour que tout le monde ait sa chance. On n'est quand même pas pour prendre leur taxi pour se rendre à notre auto, merde!

J'acquiesce d'un sourire niais que Maurianne interprète mal.

— Ben quoi! C'est pour toi que je me fais traiter comme une grosse merde!

Je la remercie sans conviction. Elle me fait la gueule. Elle s'engage dans les différentes artères de la ville avec la hardiesse d'un pilote de stock-car. C'est sa manière de me punir pour mon faux repentir.

Sur une petite rue cabossée, Maur arrête sa course infernale puis se range sur le côté.

— Je suis désolée.

— Non, c'est moi qui suis indélicat. Je devrais toujours te remercier pour les risques que tu prends pour moi. Tu es si bonne. Je devrais t'acheter des fleurs et te fabriquer un tapis de pétales de roses pour récompenser ces petits gestes. La vie m'a souvent fait croire que je suis né d'un rectum et que je n'étais qu'un polype expulsé par un surplus d'effort d'une mère constipée. Mais grâce à toi, à ton amour inconditionnel et à ton courage exceptionnel, je sais que je vaux la peine d'être aimé.

— Ça va?

— On a terminé un peu plus tôt et j'ai pris une bière avec moi. Et toi, ça va?

— En pleine forme!

— Ça doit être les comprimés que je t'ai donnés.

— Non. Je ne crois pas. Je ne les ai pas avalés. T'avais une drôle de tête quand je t'ai dit que j'en voulais. J'ai eu raison de me méfier?

— Euh… oui.

Maur me sourit. Bizarre.

Forte de ce moment de confession, elle reprend la route et entreprend comme d'habitude le récit de sa journée. Maurianne la secrétaire médicale tape des informations, sort des dossiers, gère des agendas, remplit des formulaires, dispense des conseils, donne des fascicules aux futures ex-mamans et répond au téléphone. Elle raconte dans les moindres détails les minutes de ses huit heures de travail. Ça ira jusqu'au coucher. Ainsi, la vie de ma jolie se divise en trois parties égales: le sommeil, le travail et le récit de son travail. C'est sa vie.

Mon esprit vagabonde au gré des façades des maisons. Je ne comprends pas mon insupportable détachement face aux événements. Je suis d'une béate stupidité. C'est le signe que j'ai consommé une excellente qualité de produit. J'en glisserai un mot à Ali.

Quelques fois, il est préférable d'être idiot face à certaines choses de la vie. Ça permet d'éviter de sombrer dans une névrose qui vous incite à vous poser des questions qui demeureront à jamais sans réponse. « Vive les idiots, le royaume du bonheur est à eux ! » Car à l'instar d'une certaine croyance polluant les hautes sphères intellectuelles, une vie de réflexion n'est pas le signe d'une vie enrichie, mais plutôt d'une vie ratée. Et vlan !

— T'es d'accord ? Christophe ?

— Euh… oui, oui.

— De quoi je parle ?

— Tu m'as dit que tu me trouvais beau gosse et que tu avais une irrésistible envie de m'administrer une pipe, non ? Excuse-moi, je ne sais pas ce qui m'arrive depuis quelque temps. Je divague. Je dis vague et va comme je te pousse, coquille de noix.

— Bon sang, Christophe, tu n'as pas bu que de la bière, t'as fumé ? T'as fumé au travail ???

— Non ! Tu as vidé ma marchandise dans la cuvette. J'aurais fumé quoi ? Du saumon ? Des écales de cacahuètes ? Quoique ça pourrait être chouette, non ? Être ou ne pas en être, c'est une sacrée question. Je suis désolé. Je ne sais pas ce que j'ai.

Dans une envie de déni inégalée, Maurianne tente de trouver une explication logique à mon comportement de défoncé.

— Tu t'es couché tard hier. Quand t'es fatigué, l'alcool t'affecte plus. C'est sûrement ça. Et puis on n'est pas tellement en forme. Un esprit sain dans un corps sain, Christophe. Tu vois, il faut absolument changer de régime de vie. Je crois que tu en es conscient toi aussi. J'ai vu que tu as rempli le formulaire pour le centre de désintoxication.

Le formulaire? Le centre? Des clous, oui! Elle n'a pas lu les réponses du questionnaire, c'est certain. J'ai honte. NON. Je me disculpe sur-le-champ. Y en a marre de la culpabilité. Je ne suis pas responsable. Je suis irresponsable! Je fume comme ça me plaît et suis une créature du règne végétal. Je suis végétaliste. Et par ses bonnes intentions, ma tutrice chérie va finir par me faire interner.

Maur allume la radio. Il y a du drame sur toutes les ondes.

— Tu as entendu, il y a eu un attentat à New York. Tout le monde en parlait à la clinique. Le docteur Saint-Amable parlait d'une possible guerre mondiale. Tu y crois, toi?

J'éclate en sanglots. Maurianne panique. Puis elle pleure. Après un petit moment d'averse, nous changeons d'accord, nous rions en chœur, puis aux éclats. Je ne sais pas comment on en est arrivés là, mais nous voilà hilares. Je ne parviens plus à me maîtriser. Ma rate se dilate à tout rompre. Une douleur à l'abdomen me dérange, m'insupporte. Je hurle à pleins poumons comme un loup et finis le tout par un cri de mort.

Maurianne cesse de rire. Maintenant, elle a peur. Je me remets à brailler comme un putois. Elle aussi. Nous nous noyons dans notre aquarium mobile à chaudes larmes. Maur immobilise la voiture. Elle ne voit plus clair.

— Mais qu'est-ce que tu as?

Je sanglote encore un peu pour de nouveau goûter au fruit de la sollicitude. Ma protectrice me couvre de baisers, me caresse les cheveux et me masse le cou. Je revois son visage lors de ma mort imaginaire et sombre dans une infinie tristesse.

Une idée saugrenue me traverse l'esprit. Je suis un mort-vivant. Je suis la demi-réincarnation de Christophe, fils de pute. Je suis le Christ d'indolent, imperméable aux événements tragiques qui bousculent la vie terrestre; je suis un beau salaud de première et ne mérite pas ma Maur. Je ne mérite pas la vie.

Après l'averse oculaire, nous tentons de ressusciter un arc-en-ciel sur nos visages. Des petits rires nerveux, faits de grimaces et de faux-fuyants, modèlent nos figures en pâte de sel. Nous nous refermons dans un exil séculaire afin de taire l'évidence de ma dépravation. Nous reprenons sagement la route en écoutant maintenant des adolescents attardés animant une émission de radio populaire. Ils s'obstinent à susciter le rire en ce jour de crise. Nous descendons à leur niveau d'abrutissement, de blagueurs scatologiques et d'emmerdeurs compulsifs. Nous gloussons de rire de temps à autre sous l'effet débilitant des inepties des chroniqueurs. Nous affichons maintenant des mines réjouies et souriantes. Sur nos visages transfigurés, il n'y a plus de traces de détresse. Il n'y a que l'épaisse illumination de la béatitude. Le temps se consume, les astres gravitent, l'univers se disperse et le voyage retour ressemble à une douce croisière urbaine.

Fin d'après-midi du mardi 11 septembre 2001,
jour J pour Crash
À la sortie du véhicule, une curieuse envie de tout envoyer balader me traverse l'esprit. D'ailleurs, j'ai la désagréable impression que ma tête est devenue une guérite devant laquelle ne passent que les longues limousines noires de l'absurde tragédie humaine.

Je demeure appuyé sur la portière en scrutant l'horizon. Mes yeux s'attardent au porche de mon fournisseur.

— Qu'est-ce que tu regardes comme ça?

Maurianne m'observe du coin de l'œil avec cette moue désarmante qui m'invite à la prudence. Elle est inquiète, suspicieuse ou aguichante. Bien malin qui pourrait définir ses sentiments à cet instant. Mes pas se dirigent vers ma mise en orbite.

— Où vas-tu, Christophe?

— Je dois me ravitailler.

— Et ta cure?

— Je demande un armistice de vingt-quatre heures.

— Christophe, les sachets que j'ai évacués dans les chiottes, c'était bon pour seulement vingt-quatre heures?

— Je n'en prendrai que pour un joint. Tu vois, je ne te mens plus et, en plus, je diminue ma consommation.

J'active la sonnette selon le code des malhonnêtes consommateurs. Mon fournisseur m'ouvre en soupirant.

— Je commence à me demander si tu n'es pas un revendeur, mec.

— Je pourrais fumer ici?

— Pourquoi?

— Pourquoi pas!

— Je vends au client, mec. Je ne tiens pas un salon de paumés.

— Ce n'est pas bien d'insulter un client assidu.

— Dans ton cas, ce n'est pas de l'assiduité, c'est maladif.

— Maur me dit la même chose.

— Ah oui... La mort te parle, mec?

— Ma Maur me parle tout le temps, Ali. C'est pour ça que j'aimerais fumer ici.

— T'es un ahuri, mec! Non, écoute, je ne peux pas te laisser griller ton kif ici.

Ali secoue la tête. Il disparaît dans sa cache au trésor. Il revient avec un coffret de bois. Il l'ouvre avec une clé et en extirpe un magnifique shilom taillé dans le verre. Je n'ai jamais eu recours à ce genre de matériel pour consommer. C'est un moment de grande première. Ali prépare la pipée avec minutie.

— Je vais te faire goûter à une autre variante du produit, mec. Cette pâte, c'est top.

— Tu en fumes souvent?

— Non, mec. J'évite de griller mes profits, tu vois. Si je fume aujourd'hui, c'est que je n'ai pas le moral.

— Ça ne va pas?

— Tu vis sur une autre planète ou quoi?

— Je m'y efforce!

— Tu n'es pas au courant pour les attentats?

— À New York ou à la gare?

— Ils ont pulvérisé les tours du World Trade, mec! Ils ont percé le Pentagone! Ils n'ont rien fait à la gare.

— Ça reste à voir.

— C'est ça, mec. Maintenant, ils vont tout faire sauter.

— Qui?

— Il est là, le vrai drame. Les spéculations vont bon train. Ils parlent de terroristes islamiques. Ils vont tous mettre ce bordel sur le dos d'une poignée d'intégristes. Si c'est eux, mec, ça va être le début d'une autre ère de croisades. Tous les musulmans de la terre vont devenir des parias. Et avec le siphonné qui siège à la Maison-Blanche, le monde va devenir binaire: d'un côté les bons, les blancs, les chrétiens et de l'autre, les méchants, les colorés, les musulmans. Ça va être la guerre, mec. Ça va devenir l'enfer partout pour nous. Avant, les gens d'ici se foutaient bien de savoir qui tu priais. Maintenant, ils vont se méfier de tous les musulmans, des pires comme des meilleurs, mec. Ça va être mauvais pour mon commerce... Les musulmans, ils sont cuits.

— Je ne crois pas.

— T'es un naïf, mec.

— Moi je t'aime bien, Ali. Et puis, je suis trop accro à ton or vert pour me détourner de toi. C'est comme les Conspirateurs du Capital, ils sont trop dépendants de l'or noir pour s'aliéner l'ami musulman. Et puis, les habitants d'Amérique d'Hiver fondent beaucoup d'espoir sur vous, *franco-frères* du Maghreb. C'est vous qui donnerez à ce coin de terre une identité. Grâce à vous et à votre descendance, cet éden nordique deviendra la République islamique francophone d'Amérique du Vert.

— T'es con, mec. Allez, fumons le calumet de la paix pendant qu'elle est encore là.

L'inhalation est discrète et rapide. Il ne s'échange plus aucun mot. Se regarder comme deux chiens de faïence prend ici tout son sens. Je sens que je gêne un peu mon ami. Il a accepté de m'accorder une faveur à domicile, mais je crois qu'il préférerait me voir ailleurs.

— Ça va, Ali?

— Qu'est-ce que tu as fait du sac de pilules que je t'ai donné, mec?

— Pourquoi cette question?

— J'ai peut-être eu tort de te le donner. Tu n'en as pas pris au moins?

— Je les ai encore.

— Ça serait bien que tu me les remettes ce soir. Mes amis sont déjà passés et je suis net à présent. Je veux les récupérer, tu comprends, mec. Sinon, je vais avoir des emmerdes avec mes autres partenaires d'affaires.

— Dis-le-moi franchement, c'est quoi exactement, ces jolis médicaments?

— Un dérivé d'amphétamine, d'éphédrine, de pcp et de ghb, de tps et de tvq… et probablement du sucre. Je ne sais pas vraiment, mec. Les recettes sont secrètes. Tu as terminé maintenant? Allez, tire-toi! Va rejoindre ta doudou! Et ne m'oublie pas ce soir.

— Ali, je n'ai plus un rond. Je peux te payer demain?

— Je ne fais jamais crédit.

— Ali, je t'ai laissé la moitié de ma paie hier pour mon ravitaillement. Je mens, mais tu ne pourrais pas me faire crédit pour cette fois? En échange, je te rapporte ton sac.

— Ne me fais pas de chantage avec les comprimés. Je ne blague pas avec ça, mec.

— Je te paie demain. C'est d'accord?

— Je ne peux pas retirer mon produit de ta cervelle, alors d'accord, mec. Ça va pour cette fois, mais je te le dis, dorénavant tu paies d'avance et les comprimés pour ce soir.

Copain Ali, comme tu es gentil et comme je suis un vilain client. Ali a les traits tirés et le regard vitreux. C'est la première fois que j'ai une conversation de plus de sept mots avec lui. Je ne me souviens plus de ce que j'ai fait de tes comprimés, mais je te jure que je plancherai sur la question dès que je récupérerai une partie de mon cerveau.

Je rentre au bercail camé comme un rasta. Maur sait que je fume aujourd'hui. La chose se passe sans mensonge, ouvertement. Sauf que ça s'est déroulé dans le temple du mal. C'est tant mieux. En ce moment, je plane au-dessus de la stratosphère. Je suis même persuadé que je ne sombrerai plus jamais dans un délire paranormal. Je suis sain d'esprit dans mon brouillard artificiel. Je flotte dans une bulle.

Maurianne m'accueille froidement. Elle se tient debout à côté du meuble de téléphone, les bras croisés et le regard empreint de colère. Elle appuie sur le bouton du répondeur. Un message trahit ma désertion du travail. Furibonde 1re écoute la voix de mon superviseur en singeant l'étonnement.

— … alors je te colle une absence pour aujourd'hui. Une autre et tu es dehors!

BIP!

Maurianne ne dit rien. Elle navigue en eau trouble, en plein brouillard.

Pour passer sa colère, Maur s'affaire maintenant à la cuisine. Elle prépare notre repas santé du soir. Elle attend ma confession en claquant de temps en temps les casseroles et autres ustensiles de métal sur le comptoir. Je ne bronche pas, allume la télévision. Les nouvelles relatent les événements qui se sont produits aux USA. Ma percussionniste cesse son concert culinaire puis passe au salon. Elle s'approche lentement du divan en fixant l'écran de la télé; le Big Brother de l'information dépeint le bilan de la tragédie. Je murmure:

— Mais qu'est-ce qui se passe dans ce monde pourri?

Je vois dans les yeux de ma Maur les tractations rationnelles qui tentent de faire un lien entre la tragédie du matin et mon comportement. Sans dire un mot, elle se jette sur moi et m'entoure de ses bras réconfortants.

— Tu as eu peur, mon petit cul d'amour?

— Oui.

— J'ai travaillé comme une malade pour pas trop y penser, mais là, les images…

— Moi, je n'arrête pas d'y penser.

J'ai honte. Je mens comme une crapule à qui on tend un alibi en béton pour éviter la pendaison. Je suis un monstre d'égoïsme. Des milliers de personnes innocentes ont perdu la vie aujourd'hui et, moi, je profite de la situation pour noyer les véritables motifs de ma désertion du travail. La culpabilité me gagne. Maur me considère gravement. Ses yeux mouillants m'agrippent aux tripes. J'hésite à lui raconter tout ce qui s'est produit ce matin.

— L'important, c'est qu'on soit ensemble, ici, en sécurité, mon beau petit cul.

Maurianne n'a plus le cœur à l'ouvrage. Encore une fois, c'est le régime qui écope. Nous mangerons la pizza de chez Georges Sub pour nous soulager de notre traumatisme. Et pourquoi pas! On se tape les remontants qu'on peut dans cette chienne de vie.

Après le repas, mardi 11 septembre 2001,
jour J pour Régurgitation
Finalement, je ne mange pas. Je passe une bonne partie de la soirée à trembler comme une feuille, la tête au-dessus de la cuvette. Je ne sais pas à quelle vitesse mon cœur bat, mais il ne bat plus la chamade, il danse la rumba. Maurianne croit à une réaction de stress post-traumatique. Si seulement c'était le cas…

Mes larmes tombent dans l'eau des chiottes, telles des gouttes de pluie dans le fond d'un baril. Maur, je suis en mal de vivre, en deuil de n'être qu'une erreur de jeunesse, en colère d'avoir cru que le monde était taillé à ma mesure, alors qu'en réalité il me taille en pièces.

Ma beauté des Îles, je t'implore de ne plus m'aimer, de cesser de vivre avec moi, et pourtant, j'ai besoin de toi près de moi. Je suis fou, Maurianne. Je suis un mort-vivant dingue, dingue, dingue…

Fin de soirée du mardi 11 septembre 2001,
jour J pour Trash
Après une heure de convulsions dans le site d'évacuation des déchets organiques, je commence à reprendre le contrôle de mon corps. Maurianne m'a préparé une mixture à base de rhum qui, semble-t-il, apaise le système nerveux. Elle cogne à la porte. Elle veut entrer. Je

l'interdis en lui disant que tout va bien. Je mens à peine.
Ça va un peu mieux.

À ma sortie de la salle de bains, Maur me prend
dans ses bras. Elle me couvre de tendresse et de baisers
maternels. L'enfant débile qui sommeille en moi s'éveille.
Ma beauté tropicale empeste le rhum. Elle a bu. Elle est
saoule. Nous sommes redevenus des intoxiqués impéni-
tents, comme avant, c'est géant.

— Tu es trop sensible, mon petit cul préféré. Je n'ai
jamais réalisé à quel point tu es fragile, mon bébé...

On s'accroupit dans le corridor. On s'étreint, on se
moule et on s'enlace sans jamais se prendre. On ondule,
on s'enflamme et on s'abandonne. Nos corps entrent
en transe. Je me dévêts. Elle me lèche. Je deviens chair
et peau. Maurianne soulève son chandail et tire un sein
hors de son soutien-gorge. Elle me tend sa mamelle et
me donne le sein en m'appelant « mon bébé ». La charge
sexuelle de notre étreinte dissipe totalement mes vapeurs
marijeannesques et m'élève sur un nuage freudien. Maur
me donne la vie. Je renais de ses entrailles. J'assouvis notre
désir d'extase sur sa poitrine et vomis après l'orgasme.

Ma débauchée d'amour ne me fait aucun reproche.
Elle s'accuse de n'être qu'un animal lubrique, pervers et
malade. Elle disparaît rapidement derrière la porte de la
salle de bains pour s'y laver. Moi, je me rabats sur l'évier
de la cuisine pour nettoyer la bile qui me coule de la
bouche. Mon corps transpire ses dernières eaux. J'ouvre
une nouvelle bouteille de rhum pour réhydrater le tout.

Lorsque ma jolie dépravée réapparaît, elle semble être
passée à autre chose. Elle vient s'asseoir dans le salon et
affiche un air normal, comme si rien ne s'était passé.

Ainsi, la télévision s'approprie la fin de notre soirée. L'heure ne sera pas à la discussion. Maur est absorbée par la chaîne d'informations continues qui multiplie les reportages traitant de la tragédie au World Trade Center.

Je ressens un vide indescriptible. Je respire, je mange, je vois, je bois, je pense, je pisse, je sens l'air frais sur ma peau, mon cœur bat, mon sang circule dans mes veines, mais je ne suis pas vivant pour autant.

Le monde est à feu et à sang. La terre d'Amérique d'Hiver s'est embrasée. On récolte ce qu'on sème. On prend en pleine gueule la jalousie qu'on suscite. On meurt parce qu'on est des excessifs. Il ne faut pas s'apitoyer sur ce qui nous arrive. On l'a mérité. Je mérite d'être fou à lier parce que j'abuse de tout. Je m'en moque comme de ma dernière paie.

Je mens comme je respire. Je ne suis pas indifférent à ce qui arrive. Je tremble de peur. J'emprunte du temps à la vie que je devais perdre ce matin, physiquement ou virtuellement. Ce sentiment de dépossession m'oppresse. Je voudrais en parler. Mais n'importe quel sain d'esprit m'enfermerait dans un établissement psychiatrique comme mon oncle, mon grand-père, mon arrière-grand-père… Demain, j'irai voir mon oncle.

Interlude

Opus largos noctambulas

Nuit de mardi 11 à mercredi 12 septembre 2001 (opus 1)
Cette nuit n'est pas faite d'images idylliques miroitant au cœur de mes délires fumigènes. Elle est plutôt insomnie, remplie de réflexions assommantes et angoissantes. Le grand drame de ce onze septembre ne nourrit pas mes délires nocturnes, pas plus que l'improbable attaque de la station de la Gare-Centrale, le vide infini de l'espace dérègle à lui seul ma raison.

Il est sans doute futile de réfléchir à des questions déraisonnables, surtout lorsqu'on a la tête dans les ordures, mais c'est plus fort que moi. Plus que jamais, l'heure est à la prise de conscience. Le paradis vient de goûter à l'enfer, la mort a pris des vies. Il doit y avoir un sens à tout ça. Et s'il n'y en avait pas. Après tout, quel est le sens de la vie sur cette terre?

J'éprouve une troublante fascination pour les illuminés qui ont fait crasher ces avions sur le sol américain. Eux, ces fous de Dieu, ils ont eu cette invraisemblable impression de vivre pour quelque chose, de servir une cause, de mourir en martyrs. Moi, je ne sers à rien. Enfin, je suis tout juste bon à consumer ma vie et à faire damner ma Maur. Au moins, je ne tue personne. Enfin, il y a peut-être ma jolie qui va finir par en pâtir avec mes folies. Je ne crois pas. Malgré tous les bouleversements de cette journée, elle ronfle à tout rompre. Son sommeil est profond, sans agitation et ô combien énervant.

— Maur... Tu dors? MAUR, TU DORS?

Elle sursaute. Elle est paniquée. Elle tapote frénétiquement le drap. Puis, elle se calme en prenant de profondes respirations.

— Christophe… Qu'est-ce qui se passe?

— Nous ne servons à rien. La vie est apparue sur terre pour rien. Si nous étions poussières lunaires, ça ne ferait aucune différence dans l'univers.

Maurianne m'envisage sévèrement. Elle demeure silencieuse un moment, puis elle se recouche. Ses gestes trahissent une certaine exaspération.

— Maur, tu comptes te rendormir?

— Merde! Si tu dis encore un mot, Christophe, je vais te frapper si fort que tu vas dormir malgré toi! T'as compris?

Nuit de mardi 11 à mercredi 12 septembre 2001 (opus 2)
Le cadran indique 3:15 AM. L'heure à laquelle je suis né, il y a vingt-cinq ans et quelques couchers de soleil. Bien que la biologie veuille qu'il y ait eu un géniteur pour féconder l'œuf de ma mère, il n'y a eu qu'elle dans ma vie. C'est d'ailleurs pourquoi j'ai fini par croire à mon immaculée conception. Au décès de ma mère, je pouvais même imaginer mon apparition sur terre sans l'aide d'une matrice. D'une certaine manière, c'était un soulagement qu'elle disparaisse. Il n'y avait plus de lien génétique visible entre moi et les autres tarés de ma famille; les tocs et les tares qui contaminaient la genèse de chacun des Frappier n'avaient plus d'emprise sur moi. J'étais libéré. Pourtant, j'ai de plus en plus l'impression de me rapprocher de l'internement. J'ai peur.

Pendant que les barbares propagent la mort de l'autre côté de la frontière, que les criminels tuent de l'autre côté du réel et que mon esprit déraille, Maurianne navigue paisiblement dans le royaume des songes. Comment y arrive-t-elle?

— Maur, réveille-toi! MAURIANNE!

Elle bondit hors du lit, prête à affronter un prédateur terré dans un recoin de la pièce. Puis, après un bref moment, elle abandonne sa posture de guerrière.

— Christophe… Bordel de merde! Mais qu'est-ce qui se passe encore?

— Ça ne te dérange pas de ne pas connaître ton père? Moi, ça me dérange. Si je pouvais le retracer et le connaître. Je ne sais pas. Imagine qu'il soit un homme sain d'esprit, vigoureux et svelte et tout et tout. Je pourrais m'accrocher à un modèle extraordinaire qui me permettrait d'avoir un but dans la vie: lui ressembler. Rien à voir avec le destin débile de mes aïeux maternels.

Maurianne me dévisage sévèrement. Elle demeure silencieuse un moment, puis elle se recouche. Ses gestes trahissent une certaine exaspération.

— Si tu me réveilles encore, Christophe, je te jure que je vais te tuer, t'as compris?

Nuit de mardi 11 à mercredi 12 septembre 2001 (opus 3)
Cette nuit ne porte pas conseil; elle me tient en éveil. J'ai gobé deux caplets d'ibuprofène avec une tisane de passiflore et de valériane. Il ne se passe rien du côté de l'endormissement. Au mieux, je n'ai plus mal à la tête, au pire, ma vessie se vide au rythme d'une miction à la demi-heure.

Il est 4:20 AM et l'obscurité de la chambre n'a d'égale que la noirceur de mes pensées. Je repasse en boucle mes notions de sociologie pour expliquer le drame qui vient de se jouer chez nos voisins du Sud. Les Conspirateurs sont-ils allés jusque-là? Nous entrons dans l'univers d'Orwell? Je m'en balance! D'ailleurs, je me fous du monde entier. La terre ne mérite pas le châtiment d'abriter les êtres humains sous sa stratosphère. Nous sommes un herpès envahissant qui se répand et qui détruit la beauté de ce monde inutile.

La vie, l'amour, la mort, la paix, la guerre, l'assouvissement des besoins primaires, tout cela devient puéril lorsqu'on cesse de croire à une finalité à la vie. Il n'y a pas de but, de sens ou de valeur à exister. Il n'y a que la souffrance, les épreuves et les malheurs qui nous conduisent vers la Grande Peur du dernier souffle. Et puis le néant. Ils sont maintenant des milliers dans l'oubli, le vide. Ils y sont pour rien. Tout ce qui fut eux n'est plus. Un jour, comme eux, je ne serai plus!

Maur dort encore. À la fin du bulletin télévisé de vingt-deux heures, elle exprimait des inquiétudes à la pelle; il a suffi qu'elle s'allonge sur le lit pour gagner le royaume des rêves. D'ailleurs, il semble profond et énervant, ce sommeil de plomb.

— Maurianne... Tu dors? TU DORS?

Cette fois-ci, ma taupe rugit et m'assène un coup de poing sur l'épaule.

— Christophe! T'es un homme mort!

— À qui le dis-tu! Je suis mortifié à l'idée de...

— TAIS-TOI! J'en ai ma claque de tes crises de folie! MERDE! Si tu me réveilles encore une fois, j'appelle une ambulance pour te faire interner, t'as compris?

Cette fois-ci, c'est limpide...

Cinquième partie

La fin des jours lucides

Matin du mercredi 12 septembre 2001, réveil brutal

Ce matin, tout s'exécute en silence. Maurianne et moi avons la gueule de bois. Le café se boit charbon, la douche se prend froide, les rôties s'agglutinent sans beurre et les têtes s'enlisent dans la migraine. Si nous allons travailler ce matin, ce n'est pas par conscience professionnelle, mais par une cruelle envie de nous punir de nos excès.

Nous descendons le bac à recyclage. Notre conscience écologique vient de notre incapacité à soutenir l'odeur des fonds de bouteilles de rhum que nous avons siphonnées.

Maur arbore des verres fumés même si le ciel est gris. Elle marche en équilibre sur un fil de fer imaginaire qui tangue. Moi, j'arbore un teint vert parce que mon foie est gris. Je marche à pas feutrés pour éviter que mes chaussures claquent trop fort sur la chaussée. Nous sommes deux abus éthyliques qui se déplacent à petits pas de bébé sur le trottoir. C'est du joli.

Le voyage vers le travail est interminable. Maur conduit comme une dame de quatre-vingt-dix ans: les arrêts s'amorcent aux feux jaunes, les limites de vitesse sont respectées et nous ratons une sortie par manque d'imprudence. Je ne reconnais plus madame *Villeneuve*.

J'ai besoin de marcher. J'étouffe dans notre caisse de métal à peine mobile. À ma demande, Maurianne me dépose à quelques coins de rue de la station de métro.

— C'est une excellente idée, Christophe, un bon début. On doit absolument acquérir de meilleures habitudes de vie.

Je la fusille du regard. Elle se renfrogne et embraie pour repartir. Je n'en reviens tout simplement pas. Il suffit d'un petit geste insignifiant pour qu'elle remette ça sur le tapis. Bonnes habitudes de vie... J'ai mal au cœur, voilà tout !

La marche est lente et ponctuée d'éructations acides. Tout au long du chemin, je remarque que les kiosques à journaux débordent de la primeur mondialement partagée : les attentats aux États-Unis. Photos couleur pleines pages des tours en flammes, gros titres ronflants du type : L'Amérique sous attaque, Les tours infernales, blablabla du pire de la vie. On ne ménage pas les clichés de mauvais goût dans les grands tabloïds. Plus personne ne se respecte dans ce genre de situation. C'est la déroute du bon ton, de la retenue et de la circonspection. Vive le sensationnalisme !

J'achète tous les journaux à grand tirage. Je les dévore de mes yeux endoloris. Il n'y a rien sur les événements à la station de la Gare-Centrale. Je jette mon dévolu sur les publications de seconde zone, celles à sensation que personne ne lit, mais qui tirent à plus d'un quart de million d'exemplaires. Je ne trouve rien. J'abandonne mes recherches et poursuis ma route sans oser envisager l'éventualité que j'aie halluciné le braquage. C'est une question d'équilibre mental. Je me dis simplement que certains événements peuvent être passés sous silence. La métropole est grande, les crimes nombreux et la couverture journalistique paresseuse. Si les criminels n'ont pas envoyé un communiqué de presse relatant leur méfait, il n'y aura rien d'écrit sur le sujet.

Je me rends à mon lieu de travail comme si le monde tournait sans heurt. En poussant la porte de l'entrepôt, l'odeur familière du plastique et de la poussière me rebute. En prime, je suis accueilli par mon chef d'équipe qui m'apostrophe avec la courtoisie d'un tueur à gages.

— On décide de rentrer ce matin?

— On n'avait rien d'autre à faire…

— On avise quand on se permet une journée de congé. Surtout un mardi! C'est le jour des livraisons et j'ai besoin de mon commis pour réceptionner la marchandise.

— On l'ignorait.

— Arrête de jouer à l'imbécile et va passer la commande. J'ai entré toutes les données sur l'ordinateur.

— Merci, on va maintenant s'affairer à les rentrer dedans!

— Quoi?

— On n'a rien dit.

— Arrête de marmonner! Au travail!

Au moment de m'installer à mon poste, je sens comme un clivage qui s'opère en moi. Une vive sensation de détachement de la réalité me précipite dans une violente crise d'anxiété. Je me dédouble. Je débloque complètement. On ne pourrait pas aller plus mal. Ma tête se révolte. Une névralgie me scinde en deux. Qui suis-je?

Respire, abruti! Respire.

Je n'ai pas vécu les dernières semaines. Je les ai survolées à bord d'un gros-porteur qui vient de se crasher à mon poste de travail. Mes souvenirs, c'est de la frime. Ça vient d'un autre. Un autre moi.

Nous nous pinçons l'avant-bras jusqu'à ce que la douleur nous soit insoutenable. La respiration reprend un rythme normal. Nous allons presque bien. Nous nous raisonnons comme nous le pouvons; nous dénions avec les moyens du bord; nous agissons comme si tout était normal. Nous effectuons notre travail avec un automatisme frisant la mécanisation. Nous sommes comme des robots bien rodés, performant selon les standards de l'entreprise, selon sa mission bidon.

Après une heure et demie de travail, nous allons vomir dans le compacteur à déchets de l'entrepôt. Nous n'allons pas bien aujourd'hui. Nous aimerions nous coucher par terre dans l'allée de l'entrepôt et souhaiterions qu'un chariot élévateur nous écrase.

Nous ne le ferons pas, évidemment. Les patrons nous surveillent, nous épient. Ils travaillent pour les Grands Conspirateurs. Ils effectuent des rondes fréquentes pour contrôler nos heures et rapporter tous nos faits et gestes. Nous craquons.

— Vous voulez quoi au juste?

Notre question, mais surtout le ton avec lequel elle est formulée, plonge le chef d'équipe dans une violente colère.

— Écoute, chose! T'as intérêt à changer d'attitude!

— Son attitude reflète exactement la manière dont on le traite ici, troufion!

— Dis donc, toi! T'es malade? Tu veux ton 4 %?

Après mûre réflexion avec mon cerveau, nous en venons à la conclusion que nous ne souhaitons pas être renvoyés. Nous nous accommoderons de tous les irritants faisant partie de notre fonction, y compris de cet incompétent de chef d'équipe! Nous tenons à notre emploi qui paie nos consommations.

— Maintenant, veuillez nous laisser, mon adjudant! Nous avons des choses importantes auxquelles réfléchir. Nous devons établir avec sérénité la nature de nos délires. Nous devons comprendre pourquoi l'autre moi est cinglé. Sinon, JE m'exclus de ce corps.

— Qu'est-ce que tu marmonnes encore?

— Je vais bien, monsieur… Nous nous calmons.

— Quoi? En tout cas, tu as intérêt à te tenir tranquille, jeune con! Des jobs, il n'y en a pas des masses, mais des chômeurs, ça pleut.

Grossier personnage! Et dire que nous avons trois fois la scolarité de cet imbécile. Nous acceptons de nous faire traiter d'attardés par un minus qui sait à peine écrire son nom. Nous sommes nés à la mauvaise époque, gentil cerveau. Une génération plus tôt et on ferait la boum avec les boomers. Ici, on ne t'apprécie pas à ta juste valeur. Quel gâchis!

Je ne vais pas bien du tout. On dirait que je deviens de plus en plus détraqué. Je suis deux personnes: Christophe le commis à l'inventaire, qui se contente d'un triste sort de journalier camé, et Christophe le dément, qui fantasme sur des tueries qui n'ont jamais existé.

Toutes mes excuses, pauvre cerveau! Je ne te laisserai pas le choix de rester avec moi. Oublie tes aspirations de naguère. Mon esprit ne sera plus en guerre. Je redeviens un en un seul corps: paumé et cinglé. J'ignore combien de temps je réussirai à me conserver en une seule entité, mais rester ici n'y contribuera pas.

Je quitte mon poste un moment pour téléphoner au centre psychiatrique qui sert de refuge familial. J'ai un besoin pressant de rencontrer mon oncle. Cette pulsion est inexplicable, illogique. C'est une course vers l'internement?

Au bout du fil, la réceptionniste m'informe que les heures de visites commencent à dix-neuf heures. D'accord. Je pars sur-le-champ.

— Hé! Où vas-tu?

Big Brother m'a à l'œil. C'est incroyable, quelques pas hors de mon poste de travail et voilà l'autre cruche qui se pointe.

— Je te parle! Où tu vas comme ça?

— Arrière, geôlier de la Grande Conspiration! Je te quitte!

À l'extérieur, je hèle un taxi et mets les voiles en direction de la clinique de ma beauté des Îles. Je ne veux pas payer une course de taxi à soixante dollars jusqu'au centre psychiatrique. Je couperai les frais en empruntant la voiture de ma douce pour le reste du voyage.

Avec un peu de chance, j'effectuerai ma petite visite éclair à mon oncle sans que ma jolie s'en aperçoive. Ce sera une petite escapade sans conséquence, une absence non motivée de mon travail, sans tambour ni trompette. Qu'est-ce que j'espère trouver là-bas?

Matin du mercredi 12 septembre 2001, l'escapade
En dépit de mes instructions, le taxi me largue en face de la porte vitrée de la clinique. J'essaie de me faire discret.

Je sors de la voiture en me dissimulant le visage derrière ma main. Je me dirige vers le stationnement.

— Christophe?

C'est la voix de Maurianne. Tel un imbécile, j'accélère le pas, comme si ma fuite me rendrait invisible. Je cherche désespérément la voiture dans le parking. Elle n'y est pas.

— Christophe! Attends!

J'abandonne toute forme d'esquive. J'abaisse la main et envisage ma Maur avec résignation. Depuis quelque temps, j'ai le chic pour les situations embarrassantes. La duplicité, les secrets et les mensonges ne me réussissent guère. Et dire que je me crois intelligent. Quelle andouille je suis!

Je place mon cerveau en état d'alerte. Il faut trouver une manière de me tirer de ce guêpier.

— Christophe? Qu'est-ce que tu fiches ici?

— Et toi? Qu'est-ce que tu fais là?

— C'est mon lieu de travail…

— Bon, eh bien, va travailler!

— C'est l'heure de ma pause, et je prenais l'air quand je t'ai vu sortir du taxi.

— Tu as une pause à cette heure-ci? Dis donc! Tu as un horaire de fonctionnaire!

— Christophe, je SUIS une fonctionnaire…

— Bien vu. Une pause de fonctionnaire pour une fonctionnaire. C'est ce que je disais.

— Christophe, tu peux m'expliquer ta présence ici?

— Euh… Je passais dans le quartier et… et je me suis dit: tiens, je vais vérifier l'huile et la pression des pneus de notre bolide.

— Quoi?

Furibonde 1re n'est pas d'humeur à rire. Elle me regarde avec cet air patibulaire qui m'invite à dire la vérité, toute la vérité et rien que la vérité.

— Je… Maurianne, j'ai besoin de la voiture.

— Pourquoi?

— Je vais au centre. Au centre hospi…

— Tu vas au centre de désintox!

— Euh… oui. Tout à fait!

Maurianne m'enlace, m'embrasse et m'assène une série de petits coups de poing sur l'épaule. Elle jubile, rayonne et moi, je veux mourir.

— Je t'accompagne.

— NON! Euh, et ton travail?

Maur perd momentanément sa bonne humeur. Ses yeux se plissent. Ses narines se pincent et sa glabelle se fend littéralement en deux. Elle flaire le mensonge. Le temps s'agrippe à mon malaise. Il me serre la gorge. Pour amplifier la soudaine lourdeur du moment, ma mégère recule de quelques pas, pose ses poings sur ses hanches et redresse son menton inquisiteur. Il y aura un interrogatoire serré.

— Tu vas vraiment là-bas?

— Oui… Oh oui! C'est exactement ce que je m'apprête à faire! Je vais porter mon formulaire et prendre les dispositions nécessaires pour commencer une cure.

— Tu as le formulaire avec toi?

— Oui, oui… Je suis capable de gérer ma vie, tu sais.

— Christophe, c'est moi qui ai ton formulaire dans mon sac à main!

— D'accord. Je ne vais pas au centre… J'ai l'intention de rendre visite à mon oncle Pierre.

— Pourquoi ?

— C'est personnel. Enfin, mon oncle ne va pas bien. Il me réclame à son chevet. Il va crever dans les prochaines heures.

— Bien sûr. Et Pinocchio est une histoire vraie ! C'est avec ce genre de sottises que tu as réussi à quitter ton travail ?

— Ils ne sont pas aussi futés que toi, ma petite Sherlock !

Maurianne cesse de me cuisiner et insiste pour m'accompagner dans ma visite surprise (qu'elle croit bidon, évidemment). C'est son bluff pour vérifier la véracité de mon propos. Il est vrai que ce soudain intérêt pour mon oncle surprend. D'autant que d'habitude, je fuis les établissements psychiatriques comme la peste. Elle connaît l'effet de ces visites sur moi. J'en ai au moins pour une semaine à me soucier de ma santé mentale. Et se soucier est un euphémisme. C'est une fixation !

Malgré les protestations de ma folle à lier, je me défile en zigzaguant dans le stationnement.

— Où est la voiture ?

— Je l'ai garée un peu plus loin. Je voulais suivre ton exemple et marcher un peu ce matin.

— Et elle est…

— Là !

Notre tacot est directement en face de la clinique, tout juste de l'autre côté de la rue. Maurianne fixe le sol, embarrassée. Je capitalise.

— Tu dois collectionner les cors aux pieds avec cette marche. C'est épouvantable !

— Bon OK, n'en mets pas trop. C'est la seule place que j'ai pu trouver! Sinon, je me retrouvais à des kilomètres d'ici. Et c'était à chier!

— Dans ce cas, tu aurais dû te garer dans le parking. Si tu voulais marcher, je te le jure, le stationnement est bien plus loin que l'endroit que tu as choisi pour ton marathon.

Maurianne maugrée en créole, puis elle tourne les talons. Sa colère l'éloigne de moi. J'irai à l'asile sans elle. Cette victoire est un bon présage. J'ignore de quoi, mais dans mon état, le moindre élément positif est comme une étincelle dans un trou noir.

Avant-midi du mercredi 12 septembre 2001,
sur le sentier des demeurés

Sur la route, je suis un véritable danger public. Je rate un stop, grille un feu rouge et n'utilise pas mes clignotants pour changer de voies. Dans ma tête, des scénarios de carambolages monstres se transforment en visions paradisiaques. J'ai peur.

J'arrive sain (en fait pas vraiment) et sauf (je suis probablement sous l'effet d'une bonne étoile) dans le stationnement de l'hôpital psychiatrique.

À l'accueil, je justifie ma visite en évoquant la mort d'un proche parent. La réceptionniste consulte un instant une préposée. Elle accepte de me laisser voir mon oncle à condition d'en parler au préalable au médecin traitant.

— Il est dans le fond de l'aile sud, chambre 216.

— Le médecin traitant est dans une chambre?

— Non. Votre oncle est dans la chambre 216, et le bureau du médecin est à côté du poste des infirmières.

— Merci beaucoup.

— Vous devriez attendre que je vous y conduise.

— Ce n'est pas la peine. Je trouverai seul.

Je marche d'un pas pressé. La préposée insiste pour m'accompagner. Je fais la sourde oreille. Je traverse le poste des infirmières et passe la porte du corridor de l'aile sud. Une sudation alcoolique mouille ma chemise. Je dégage une désagréable odeur de fermentation. Je ne me sens pas très bien et ce n'est pas en raison de ma puanteur. Je me retrouve dans un environnement exacerbant ma phobie.

Afin d'ajouter à mon malaise, je croise une multitude de patients circulant dans le corridor. La crème des esprits dérangés m'offre un spectacle déroutant. Certains fixent le plafond en modulant des sons, d'autres me sourient craintivement en tentant de se confondre avec les murs. Le plus agaçant, c'est celui qui me suit depuis mon entrée dans l'aile sud. Il me regarde avec animosité. Je voudrais mourir.

Arrivé à la porte 216, je m'immobilise, respire à fond et entre dans la chambre.

Mon oncle dort. Une infirmière est à ses côtés. Elle dépose un plateau truffé de cachets multicolores. Avec ça, il se sentira mieux. Je n'ose même pas demander ce que c'est pour éviter la tentation de les prendre!

— On vous a permis d'entrer?

— C'est une urgence!

— Le docteur Micks a été informé de cette visite?

— Il le saura incessamment. J'ai une préposée à mes trousses.

— Vous êtes un proche parent de M. Frappier?

— Je suis officiellement son neveu, mais je peux être ce que vous voulez, à condition que je puisse rester.

La préposée me rejoint dans la chambre. Elle semble d'une humeur massacrante.

— Vous devez quitter cette chambre immédiatement. Sinon, je préviens la sécurité.

— Je vais chercher le docteur Micks? s'empresse de dire la gentille infirmière.

— Je vais le faire moi-même. Surveille-le!

— Je suis en garde à vue? C'est un établissement de santé ou le siège de la Gestapo?

La vilaine préposée nous quitte en soupirant.

— Vos intentions sont pacifiques? me demande l'infirmière en souriant.

— J'avais envie de le voir, c'est tout!

— Bon, d'accord! Je dois continuer ma distribution de médicaments. Attendez.

Elle se penche au-dessus de mon oncle et m'annonce avec douceur. Après plusieurs appels, elle le secoue discrètement. Puis, devant l'insuccès de ses manœuvres, elle le bouscule fermement.

— Ce n'est pas la peine d'insister, je repasserai.

— Oh, il nous fait le coup à chaque fois. Pas vrai, monsieur Frappier?

Mon oncle se réveille en affichant un air faussement endormi.

— Votre neveu vous rend visite.

La gentille infirmière s'éloigne en me murmurant:

— Le docteur Micks est dans le pavillon nord. Violaine ne reviendra pas de sitôt. Mais promettez-moi de quitter la chambre avant midi, c'est l'heure du repas.

Elle referme la porte derrière elle. Je consulte ma montre. Ma visite ne durera que trois minutes. J'ai quand même de la chance.

— C'est toi, Gabriel?

— Non, mon oncle, c'est Christophe.

— C'est le Christ?

— Non!?!

— Si ce n'est pas le Christ, alors je ne suis pas au paradis?

— Euh… non.

— Je ne mérite pas qu'on m'expédie en enfer! J'exige un procès!

— Mais, mon oncle, tu n'es pas mort!

— Je sais, petite andouille! Tu me crois fou? Ne t'en fais pas, je fais le coup à chaque fois que quelqu'un me rend visite. Alors, tu m'annonces un décès? C'est qui?

— Personne.

— C'est étonnant! La dernière fois que je t'ai vu, c'était l'année dernière. Et c'était pour m'annoncer une mort. Deux ans auparavant, nous nous étions vus au cimetière pour enterrer ton grand-père. Mon garçon, désolé de te dire cela, mais pour moi, tu es l'ange de la mort.

— Je te rassure tout de suite, personne n'est mort.

— Ah… Je connais cette Personne. Je m'en souviens comme si c'était hier. C'était hier en fait! J'ai parfois des oublis.

— Comment?

— Ah! Tu croyais que je délirais, hein? Pas vrai, gamin?

— Ouais… Euh, mon oncle, j'ai quelque chose à te demander.

185

— Je te bénis, mon fils. Allez, à genoux! Je te bénis, fils de pute, au nom des seins, du pubis et des sains d'esprit.

— Je ne voulais pas être béni, mon oncle.

— Dis donc! Tu vas te faire prendre à chaque fois! Je suis moins fou que j'en ai l'air. Tu sais, on nous soigne ici. Je suis moins fou que j'en ai l'air. Tu sais, on nous soigne ici. Je suis moins fou que j'en ai l'air. Tu sais, on nous soigne ici. Dis, tu vas me laisser me répéter combien de fois?

— J'étais à un pied de frapper le bord de ton lit.

— Alors, qu'est-ce que tu viens me demander à un moment aussi inopportun? Et puis d'abord, qui es-tu?

— Je suis Christophe, Christophe Frappier... ton neveu.

— Décidément. Je me demande pourquoi on me retient ici? Je suis sans doute trop intelligent pour le monde extérieur!

— Ah! Ah bon! J'ai compris! Tu blaguais encore. Écoute, j'ai une question pour toi. En fait, c'est au sujet de ma mère.

— Ah, Bernadette. Oui? Comment va-t-elle?

— Elle... Elle est morte, mon oncle.

— Mon Dieu! Elle est morte! Ah, je le savais! Tu viens m'annoncer une mort! D'ailleurs, ce n'est pas très difficile à deviner, on ne vient me voir que pour m'annoncer des morts. Jamais la mienne. Bon, eh bien, sors mes affaires, je vais aux funérailles.

— C'est que Bernadette est décédée il y a un an de cela. Ah! C'est encore une de tes blagues?

— Je ne ris pas avec la mort, fiston!

— Oh… Tu ignorais qu'elle était morte?

— Tu n'es pas très perspicace, mon pauvre petit. C'est moi qui l'ai tuée! J'étais même à ses funérailles! Pfff… Alors, quoi Bernadette? Ne me dis pas qu'elle te cause encore des soucis? Si c'est le cas, je te cède mon lit.

— D'une certaine manière, elle m'a légué un problème pour la vie. En fait, comme je deviens dérangé et que c'est visiblement une tare héréditaire, alors, j'aimerais croire que je peux m'accrocher à une fibre paternelle saine. Enfin, sais-tu qui est mon père?

— C'est moi!

— Je ne plaisante pas.

— Moi non plus!

— Attends, c'est encore une mauvaise blague?

Mon oncle se voile le visage de ses mains noueuses. Un silence plane un moment dans la chambre 216. Je n'arrive pas à jauger l'effet de sa dégoûtante boutade sur mon état psychologique. De toute évidence, cette andouille se moque de moi, mais si c'était vrai, alors la folie joindrait l'horrible pour faire de moi une abomination.

— Tu me fais marcher, pas vrai?

— Je suis un fou et seuls les fous ne changent pas d'idée!

— Qu'est-ce que je dois comprendre?

Mon oncle glisse ses mains sur sa bouche et respire bruyamment. Je saisis l'allusion à Darth Vader de *La guerre des étoiles* et attends sans étonnement la réplique qui tue.

— Christophe, je suis ton père.

— Ça suffit, les âneries!

— Tu as vraiment de la difficulté à discerner le vrai du faux, mon garçon.

— Alors, c'est faux. Tu n'es pas mon père.

— Ta mère et moi, nous avions beaucoup picolé. J'étais complètement cuit et…

— Tu dis n'importe quoi!

— C'est pourtant la vérité. Tu crois que j'en suis fier? Pourquoi crois-tu que je moisis ici? Qui peut vivre avec une telle atrocité? Ta mère, ma sœur, la folie a engendré la folie!

Sur ces mots, je détale comme un lapin. Je fuis une hérésie: la maladie qui m'assaille depuis mon plus jeune âge est consanguine. N'est-ce pas la quintessence de la bêtise, de l'absurde, de l'horreur?

J'emprunte le corridor pour gagner l'accueil. Le curieux personnage qui m'a filé à mon arrivée se dresse devant moi et me barre le chemin. Son regard ne m'inspire rien qui vaille. Je m'immobilise un instant en évitant tout geste brusque. L'homme tourne autour de moi en me détaillant minutieusement.

— T'as encore triché!

— C'est possible… Je suis le neveu de Pierre Frappier. Pierre Frappier de la chambre là, au bout. Pierre Frappier est mon oncle et aussi mon père. C'est ça, la triche?

L'homme recule avec frayeur. Il n'y a plus de doute possible, le spectre de l'abomination contamine mon aura. Je fais peur! Mon instinct m'invite à déguerpir à toute vitesse, mais je suis rapidement cerné par plusieurs patients qui m'observent comme une curiosité. Au bout de quelques secondes, je deviens le centre d'attraction de tout l'étage. Et le pire, c'est que le personnel du centre semble se payer ma tête.

Je suis pris d'un violent vertige. Je cherche un repère afin de reprendre mes esprits. Ma vision s'embrouille, les bruits s'assourdissent. Je baigne dans une sueur froide. Les murs tanguent. Le plafond vacille. Mes genoux fléchissent. Je ferme les yeux. Dans ma chute vers l'inconscience, une phrase me martèle l'esprit : Christophe, je suis ton père !

Midi dix, mercredi 12 septembre 2001, la diva du divan
Je me réveille dans un bureau abondamment éclairé. Je suis étendu sur un divan. Devant moi, un classeur gris et déglingué se dresse comme un monolithe au centre d'un mur vert malade. À mes côtés, un homme chauve à moustache m'examine d'un air circonspect. Je me redresse lentement.

— Je vous en prie, restez allongé.

Je m'assois. Ma tête tourne légèrement. Je peine à garder mon équilibre. La vilaine préposée entre par une porte vitrée, compresse à la main. Elle s'adresse à l'homme en apposant maladroitement la compresse sur ma nuque.

— Je vois qu'il est revenu à lui.

— Oui, merci, Violaine, vous pouvez nous laisser. Alors jeune homme, vous vous sentez mieux ?

Devant ma confusion, le docteur se montre rassurant.

— Je suis le docteur Allan Micks, je suis psychiatre. Vous vous êtes évanoui dans l'aile sud. Nous vous avons installé ici.

J'acquiesce lourdement. Puis, soudainement, j'éprouve une panique incontrôlable. Mon état dégénère au gré des secondes qui s'étirent en une éternité. Je me sens en observation. Quelque chose me dit que je ne sortirai jamais d'ici.

— Vous vouliez rendre visite à votre oncle et cette rencontre vous a perturbé?

— J'avais très chaud.

— Pourtant nous maintenons l'endroit à vingt degrés.

— L'émotion.

— Avez-vous souvent ce genre de vertige?

— Pas vraiment. Enfin, quelquefois. Je n'ai rien avalé depuis ce matin.

Je demeure évasif. Ça facilitera l'évasion. La prudence est de mise. Ils sont futés ces psys pour déceler la folie. Un mot de trop et c'est la camisole de force.

— Vous êtes tombé sur la tête, éprouvez-vous encore de la douleur?

— Ma tête va très bien, docteur!

— Mais je n'en doute pas. Je veux simplement m'assurer que vous allez bien. Ressentez-vous une douleur à la tête, raideur au cou, vertige, une vague impression d'être oppressé, douleur à la poitrine, difficulté à respirer?

Au rythme de l'énumération des symptômes, je les ressens tous. Je me transforme peu à peu en animal traqué par un chasseur sans scrupule. L'air me manque, j'étouffe.

— Vous êtes sûr que tout va bien?

— Non! Non, ça va. Mais enfin pourquoi ces questions?

— Écoutez, vous vous présentez dans mon établissement sans vous annoncer, vous rencontrez un de mes patients et puis vous perdez connaissance. Je crois qu'il est tout à fait normal que je m'informe de votre état.

— Mais je vais très bien!

— Était-ce la première fois que vous vous évanouissiez comme cela?

— Non... Euh... Quand j'étais petit... il y a longtemps. Il y a longtemps que je n'ai pas été aussi petit. Enfin jeune... Il m'arrivait souvent de perdre connaissance... à cette époque. Mais plus maintenant. Je suis très bien, docteur Micks!

— Je ne veux pas vous importuner plus longtemps.

— Vous voulez m'interner pour longtemps???

— Je disais: Je ne veux pas vous importuner plus longtemps. Vous voulez peut-être que j'appelle un taxi?

— Ce n'est pas la peine, j'ai ma voiture. Je dois retourner au travail. Je suis commis à l'inventaire et je... J'y vais. Sinon, mon fauteuil pourrait souffrir d'une crise d'angoisse.

— Vous ne croyez pas qu'il serait préférable d'attendre encore un peu. Vous devriez manger quelque chose avant de prendre la route. Il y a une cafétéria au premier étage.

— Je n'ai pas faim!

— Oh. C'est que vous m'avez dit que vous n'aviez rien avalé depuis ce matin, alors j'ai présumé que peut-être...

— Non, ça va. Je suis à la diète. C'est à cause de ma Maur. Elle se sent gonflée comme une barrique et elle nous impose toutes sortes de régimes. Maur a la diète dilettante.

— La mort a une diète dilettante? Tiens, tiens, c'est intéressant.

— Oh! Pardon. Maur, ce n'est pas la «mort». C'est ma Maur. Un diminutif de Maurianne. Maur quoi.

Je remercie le médecin et quitte l'hôpital à toutes jambes. Je n'aurais jamais dû mettre les pieds dans cet endroit. Connaître l'identité de mon père... Me voilà servi!

Ma vie devient soudainement un fardeau. On a beau dire, mais le don de la vie n'est pas un cadeau. Si on considérait rationnellement le fait de se reproduire, on n'y verrait qu'un geste désespéré, fruit d'une pulsion sexuelle primaire, et qui cache le besoin de donner un sens à une vie qui en est dépourvue.

Un désir? Mon oncle a eu envie de sa sœur et me voici? L'horreur! Pourquoi m'a-t-elle gardé? Si Dieu existe, qu'il meure maintenant et avec lui, toute sa création. Ils ont conçu un être sale. Je suis un bâtard de consanguinité. Et on ne parle pas d'un vague cousin qui se tape une cousine. Sortez-moi de ce cauchemar!

Je prends place dans la voiture. Je suis assis sur le siège sans y être. Je navigue au cœur d'une vision floue. Dans une chambre d'hôpital, ma mère marche vers moi en me désignant du doigt. Une armée d'hommes en complet se jette dans mes bras en criant: «Mon fils!» Les hommes ont tous les traits de mon oncle. Soudain, la vision s'efface. Mon Dieu! Je suis détraqué!

Il faut que je déguerpisse d'ici pour reprendre mes esprits, quitte à les perdre ailleurs. Je sens le vrombissement du moteur. J'appuie sur l'accélérateur. Ça y est, c'est parti. Ma tête repart en vrille!

Matinée, un jour de septembre 2001, l'éveil
Je me réveille au milieu de nulle part. Mon cœur bat au ralenti, mes yeux brouillés fixent le relief du goudron

qui me sert de lit. Je me lève péniblement et examine les lieux. Je suis le seul être vivant à des kilomètres à la ronde. Je vois la campagne immense s'étaler du nord au sud et d'est en ouest. Seule une structure en bois rond se profile à l'horizon. Il semble que je sois dans une halte routière. Qu'est-ce que je fous ici?

L'air est frais et humide, le soleil brille d'une lumière aurorale. Je consulte ma montre. Il est huit heures trente... du matin? Comment est-ce possible?

Mes vêtements sont légèrement souillés, mes mains, crasseuses et mon front porte une protubérance douloureuse qui me rappelle vaguement l'incident du centre psychiatrique.

Je suis couvert de contusions et la voiture porte les stigmates d'un accrochage sur la portière. Ma tête vagabonde dans un espace inconnu. Ma mémoire est muette. Je suis une clairière perdue au milieu d'une forêt.

Je récupère comme je peux. Mon corps est endolori comme au lendemain d'un excès d'hébertisme. Je n'y comprends rien. J'ai dû quitter l'hôpital et rouler. Je me suis égaré dans les vapeurs d'une vision et me voici au milieu d'une halte routière dans une région qui m'est inconnue.

Je me dirige vers le cabanon en rondins. Il y a des téléphones publics, des toilettes publiques, deux étalages pour des brochures touristiques destinées au public et il n'y a pas l'ombre d'un public. L'endroit est aussi désert que le paysage qui l'englobe.

Mes pas résonnent sur le parquet de la cabane comme les coups de canon d'un flibustier. Soudain, devant moi, un homme mal en point apparaît. C'est le reflet de ma sale gueule dans un miroir. Je fais peur à voir.

Je me lave les mains, me débarbouille le visage et vais au petit coin. Tous ces gestes me paraissent insolites, insensés. Ma tête vide est prisonnière d'une galerie de glaces qui me renvoient une image anonyme de moi-même. Je ne cherche pas à comprendre ce qui m'arrive. Je tente simplement de me redonner une once d'humanité. La tâche est colossale.

Je retourne près de la voiture. J'essaie de me situer dans l'espace. L'effort de repérage nécessite quelques données empiriques, mais le passé immédiat s'est éclipsé. Après ma visite à l'hôpital, le cours des événements demeure assez flou. Mes trous de mémoire m'inquiètent. Je me sens dépossédé. Une migraine latente s'installe derrière mes globes oculaires. Les prochaines heures s'annoncent fantastiques...

Soudain, un bruit de pétarade au loin. Une dépanneuse s'engage dans la voie conduisant à la halte routière. J'observe sa progression sur le sentier avec un hébétement frisant l'asthénie. Au passage, je remarque des panneaux de signalisation. Ils m'indiquent que je me dirigeais vers la frontière américaine. Il n'y a pas de doute, je perds le nord.

La remorqueuse s'immobilise à quelques mètres de moi. Le conducteur demeure un moment à l'intérieur de son véhicule, puis il abaisse sa glace.

— Ça va?

Bien sûr, je viens de me réveiller d'un cauchemar de vingt-cinq ans.

— Je crois que ma voiture perd son huile.

Il n'y a même pas une tache sur le pavé. Je suis le génie de la duplicité !

— Je tombe bien alors, mon garage est à peine à un kilomètre d'ici. Je pourrais jeter un petit coup d'œil à votre minoune.

— Merci, mais ce n'est pas la peine.

— Si ça fuit, mon vieux, faut y voir. J'ai de la place maintenant. J'ai deux gars qui sont payés à rien faire. Ça prendra quelques minutes.

Je les connais, les minutes des garagistes. Vous entrez votre véhicule pour une inspection de routine et vous vous réveillez quatre heures plus tard avec une facture indécente. Je n'ose pas imaginer les années de travail que nécessiterait la réparation d'un problème qui n'existe pas.

— C'est très gentil de votre part, mais je dois retourner au boulot.

— Si c'est votre moteur qui se vide de son huile, vous n'irez pas bien loin. Tenez, je vous offre une petite vérification gratuite !

Ça y est ! Je suis en face d'un escroc. Une vérification gratuite ! C'est la meilleure ! En ce bas monde, tout ce qui est gratuit conduit tout droit à une arnaque.

— Vous faites aussi des diagnostics psychiatriques ?

— Comment ?

J'entre dans mon véhicule, clouant ainsi le bec à mon interlocuteur. J'actionne aussitôt le démarreur. Rien. J'essaie encore et encore, sous l'œil amusé de l'homme de la dépanneuse. Rien. Le moteur de la voiture sonne comme un fumeur en pleine crise d'emphysème. J'entre dans une colère indescriptible. Je sors de la voiture en évitant délibérément le regard de l'arnaqueur.

— Vous alliez où, au juste, de si bonne heure ?

Voilà une question pertinente à laquelle je n'ai pas de réponse. Improvisons !

— J'allais aux États-Unis. Je suis représentant. J'ai un rendez-vous !

— Si j'étais vous, j'éviterais de passer la frontière.

— Pourquoi ?

— Ben dites donc, vous avez passé une semaine dans les bois ? Les attentats. Les maudits terroristes qui ont attaqué New York et Washington. En tout cas, ce n'est pas en panne sèche que vous pourrez vous rendre là-bas.

— Une panne sèche ? Je suis en panne sèche ?

— Ça sonne comme !

8 heures 45 du matin, un jour de septembre 2001,
à la frontière du réel

Je suis assis dans la dépanneuse, piégé dans un habitacle empestant la mauvaise haleine et le cambouis. On charrie au bout d'une chaîne la carcasse anémique de ma voiture. Triomphant, le garagiste sifflote un air qui m'agace. Sa bonne humeur sonne comme une promesse d'escroquerie bien sentie.

Ma tête bourdonne, mes yeux brûlent et mes mains tremblent : une peur innommable me paralyse. Comment suis-je arrivé ici ?

— Ne vous inquiétez pas, on fait le plein et on verra. Ça va ?

— Oui, oui. Je suis hypoglycémique et ça me donne des convulsions. Ça passera.

Ce mauvais samaritain est un vrai moulin à paroles. Il m'empêche de réfléchir. Je voudrais lui crier de la fermer.

Je n'en ferai rien. Je me sens si faible que la simple idée d'ouvrir la bouche m'épuise. Devant mon mutisme, la crapule se tait un moment. Puis, il rompt le silence :

— J'ai une vieille tante qui est hypoglycémique. Ça veut dire que vous avez faim tout le temps ?

L'air agacé, le forban fouille instamment dans ses poches de chemise. Puis, après quelques jurons bien appuyés, il me tend un petit sac de graines de tournesol.

— Allez-y ! Prenez-en !

Afin de ne pas le vexer, je prends quelques graines et les avale sans mastiquer. Un goût de bitume épaissit ma langue.

— Vous venez d'où ?

— De la Grande Métropole de tous les vices.

— Ah, je vois. Et vous travaillez là-bas aussi ?

— Oui.

— Vous êtes marié ?

— Non.

— Pas d'enfant, j'imagine ?

— Non.

— Vous n'êtes pas jasant, vous, hein ?

Comme je ne réponds rien, l'homme allume la radio. C'est l'heure des infos. L'entrée en matière du bulletin de nouvelles me terrasse. Nous sommes le vendredi 14 septembre ? Comment est-ce possible ? J'ai quitté le centre mercredi vers une heure ?

— C'est mon garage en bas du viaduc. Le Pétroplus. C'est ma franchise.

Je suis bouche bée. Le garagiste interprète mal ma réaction. Aussitôt, il me baratine sur sa réussite professionnelle. Au bout de quelques mensonges, le son de sa voix n'est plus qu'un bourdonnement. Je suis ailleurs, sur une autre fréquence.

— Ça va?

Je sursaute. Le garagiste me dévisage avec insistance.

— Je vais rentrer votre auto dans le garage. Vous pourrez attendre à l'intérieur. Il y a des machines distributrices si vous voulez manger quelque chose.

La dépanneuse s'immobilise devant une porte. Je descends du véhicule avec peine. Je jette un petit coup d'œil sous ma voiture. Grâce à une sévère perforation, on aperçoit le tapis du plancher de l'habitacle. Je m'éloigne rapidement afin de ne pas voir la réaction des mécanos lorsqu'ils prendront en charge mon tacot.

Mon estomac gargouille. C'est signe que je ne fabule pas. La machine distributrice ne contient que des brioches. Heureusement, il y a une cafetière sur un comptoir. Le liquide devrait combler mes besoins alimentaires.

La chaleur de la boisson me réconforte. Je ne peux en dire autant de son goût. Mes sens sont en éveil. Je suis bien dans le réel. Je veux mourir.

Je consulte un journal laissé sur le comptoir-caisse. À la une, on retrouve encore la tragédie du 11-Septembre. Il est écrit que l'attentat est l'œuvre de terroristes. Ce sera la guerre aux voyous, proclame le président américain. Génial, nous sommes en guerre. Je m'en balance. C'est Maur qui... MAURIANNE! Elle doit être morte d'inquiétude.

— Monsieur, votre voiture était seulement en panne sèche!

— C'est parfait!

— Allez-vous toujours aux États-Unis? C'est pour affaires?

198

— Ouais.

— Méfiez-vous des étrangers. Surtout des Arabes. Ils sont en guerre contre nous.

— Figurez-vous que j'ai un ami qui s'appelle Ali. Je me souviens au moins de ça. Il vend de la drogue.

Le garagiste me dévisage avec une colère montante que je m'explique mal. Je sors ma carte de crédit et la lui tends.

— Vous ne payez pas comptant?

— On n'est jamais content de payer!

Constatant que ma petite blague tombe à plat, j'élude.

— Bon. Je suis désolé, mais je n'ai plus un rond, alors je paierai en…

— Va-t'en!

— Mais j'ai ma carte de…

— Pas nécessaire! Prends ton rafiot et ta camelote et disparais! Je ne veux pas avoir l'empreinte de ton passage ici. Je suis honnête, moi, je ne veux pas d'histoire.

— Je ne comprends pas.

— Des maudits passeurs comme toi, on en voit trop dans la région. C'est du stock pour ton Ali? Tu deales avec les maudits Arabes? T'es content que les tours soient tombées à New York? Si jamais tu retraverses la frontière, j'appelle la Sûreté! T'as compris!

Je nage en plein brouillard, mais ne demande pas d'explications. Les mécanos m'escortent jusqu'à ma voiture. Décidément, je suis devenu un indésirable. Ils sont tous fous dans cette région.

Je m'assois dans la voiture. Un vague souvenir me revient à l'esprit. Dans ce flash-back, je me vois en train de conduire sur une route de campagne. Merde… Je tente de conserver ce fragment de souvenir à l'esprit, mais il s'évanouit. Tant pis.

9 heures 30, matin du vendredi 14 septembre 2001, l'arrestation
Le mystère de l'hostilité du garagiste à mon égard s'éclaircit. Sur le plancher du côté passager, il y a un sac de comprimés entrouvert. J'attends d'être assez loin du garage pour me ranger sur l'accotement et les examiner.

Il n'y a aucune inscription sur les médicaments. La surface est légèrement poreuse et d'une couleur pastel. On dirait des bonbons. Je lèche une des dragées. Inutile de chercher une piste du côté de la mémoire gustative, c'est sans saveur. Mon esprit se perd dans un vide abyssal. Pour pallier cette carence, je tente un exercice de mémoire.

Je m'appelle Christophe Frappier. Je suis représentant en jouets? Il faut que je m'accroche aux détails que je maîtrise. J'habite à Ville des Cons, sur l'avenue? Détail peu pertinent, mais il est paniquant de constater l'étendue de mon amnésie. Je suis parti du centre le mercredi 12 à une heure. Avant, j'ai rencontré Maurianne à la clinique. Et après, le centre. La clinique, le centre, la clinique. Recommençons du début. Christophe Frappier. Je suis en mission secrète pour le compte d'islamistes radicaux. Je transporte de la drogue en sol américain pour le compte d'Ali? À défaut de mieux, je dis n'importe quoi.

Un appel de sirène m'extrait de mes tractations irrationnelles. Dans le rétroviseur, il y a un véhicule de police. Dans un éclair de lucidité, j'ouvre le coffre à gants et l'évide de son contenu. Des papiers, des cartes routières et des tas de trucs, que seule Maur pourrait identifier, se répandent sur les cachets. L'opération terminée, je me redresse comme un piquet sur mon siège.

Mon cœur bat dans ma gorge, mes jambes mollissent et, entre la tête et les pieds, il n'y a plus de flux sanguin! Soudainement, je me souviens: c'est le sac d'Ali! Qu'est-ce qu'il fiche là? Une autre bêtise qui s'ajoute au mystère! Je voudrais redevenir amnésique!

Le policier m'invite à abaisser mon portail de verre.

— Ça va ici?

Si vous voulez vraiment le savoir, je suis sur le bord de la crise de nerfs. C'est que, voyez-vous, monsieur l'agent, je transporte des narcotiques. J'ignore comment ils ont fait pour se retrouver ici, mais il y a pire: il me manque les quarante-huit dernières heures de ma vie.

— Je me sentais un peu fatigué et me suis rangé sur le côté. Ça va maintenant.

Je remonte mon panneau de verre.

— Hé! Pas si vite!

Ça y est. Je suis tombé sur un zélé.

— Si vous voulez vous reposer, il y a une halte routière à quelques kilomètres d'ici. Ne restez pas sur l'accotement! C'est dangereux. Maintenant, circulez!

Ma main tremble comme celle d'un Parkinson. Je n'arrive pas à remettre la clé dans le contact.

— Êtes-vous sûr que ça va?

Je déteste la sollicitude des gens à mon égard. Le policier désigne du nez l'amas de papiers jonchant le sol.

— Qu'est-ce que c'est?

— Je... Je cherchais mes enregistrements et mes preuves d'assurance. Dès que je vous ai aperçu, j'ai voulu m'assurer qu'ils étaient bien là.

— Ils y sont?

Instinctivement, je prends mon portefeuille duquel je tire mes papiers. Soudain, je réalise à quel point la bonne fée de la cohérence m'a oublié.

— Vous cherchiez vos papiers dans le coffre à gants et vous les aviez dans votre portefeuille? Vos papiers, s'il vous plaît. Et veuillez sortir de votre véhicule.

En raison de l'engourdissement de mes membres, je sors de mon tacot avec peine. Le policier m'examine d'un air suspicieux. Il me demande de me tenir debout, droit devant lui et de tendre les bras. Il m'ordonne de toucher mon nez de la main gauche. Ma légère dyslexie provoque une hésitation. Ça augure mal. Il me demande de marcher en ligne droite, la tête haute et en gardant les bras en croix. Mon stress fait claquer mes genoux, je titube légèrement. Je suis cuit comme un jésuite dans la marmite d'un Iroquois!

— Ça va aller, monsieur! Revenez!

Je me relâche lourdement. Je m'approche du policier en tentant de le fixer droit dans les yeux. Je veux lui démontrer ma probité. L'agent me tend mes papiers. Puis, il se ravise. Son regard glisse lentement vers l'intérieur de l'auto. Je me voudrais stoïque, implacable. Mon visage n'est que tension, tics et grimaces.

— Vous avez une trousse de secours, là?

— J'en sais rien. C'est un espace réservé à ma copine. Elle y entasse n'importe quoi. Vous savez comment elles sont. Vous leur donnez un petit espace et elles réussissent à y aménager un spa.

Tais-toi, imbécile! Tais-toi!

— Il y a une petite boîte blanche là. Vous pouvez me la donner?

Le policier recule de quelques pas et pose sa main sur son étui à pistolet. J'agis sans brusquerie, un défi de taille étant donné mon état de panique. J'aimerais bien secouer le boîtier pour juger de son contenu, mais je ne veux pas éveiller de soupçons.

Soudain, deux autos-patrouilles s'immobilisent à côté de nous. Il y en a même une qui vient se garer devant ma voiture. Si Dieu existe, je le somme de fendre le ciel d'un éclair mortel.

— Ça va, Jean-Michel?

— Ouais. Contrôle de routine.

L'un après l'autre, les agents sortent de leurs véhicules, me voilà cerné par cinq policiers. Ils jettent des regards un peu partout, ils discutent entre eux. Ils se paient même ma tête en vantant les mérites des voitures européennes. Ha, ha, ha.

Mon bourreau ouvre la boîte blanche et l'examine distraitement. Mon souffle se coupe. Je paierais cher pour voir ce qu'il y a l'intérieur.

— C'est bon! Vous pouvez y aller!

Le policier me remet la boîte et mes papiers sans plus de cérémonie. Puis il converse avec un de ses collègues. Et soudain, deux patrouilleurs à moto se joignent au groupe. Je suis consterné. Nous pouvons passer des heures à rouler sur les routes sans jamais croiser un agent et maintenant, j'attire un bataillon.

Au moment où j'allais prendre place dans ma voiture, un autre policier m'interpelle.

— Tu n'as pas peur de te ramasser le cul sur la route avec ça?

— Ah, il ne faut pas s'en faire. J'en ai à perdre!

— Quoi?

— De la graisse… Sur le cul… J'en ai à perdre, du cul, pas de la tête.

Ce n'est pas possible! J'ai vraiment une grande gueule d'imbécile heureux. Je me répète: Christophe, la ferme! Mais je n'y peux rien. Mon stress me rend verbomoteur.

— Je n'ai jamais vu autant de policiers pour me prêter assistance. Une fois, j'étais avec ma Maur et nous avions plongé dans le fossé avec la voiture de ma mère. Nous étions tellement saouls et je… Enfin, nous avions trouvé une cabine téléphonique et l'appel a été fait à minuit et nous n'avons obtenu du secours qu'à huit heures le lendemain. C'est drôle que je me souvienne de cet événement, mais pas de ce qui m'est arrivé la veille.

14 heures 30, vendredi 14 septembre 2001,
le timbré au poste

J'ai maintenant une explication logique à l'affluence de policiers à mon point d'arrêt: j'étais immobilisé à quelques mètres d'un poste de la Sûreté du Québec. Quand on est né pour un petit pétrin.

Maurianne a pris l'autocar à la station de la Gare; elle me cueillera au poste sous peu. Elle devra procéder à mon identification. C'est la procédure lorsqu'on lance un avis de disparition. Maur me croyait enlevé par des mercenaires à cause d'une dette. En principe, j'aurais pu repartir tranquillement avec ma voiture sous prétexte d'un malentendu, mais ils me gardent à vue à cause de mon amnésie partielle.

Maintenant, on me considère comme un dément en perdition. En me rapportant disparu, ma douce métisse a sauvé ma peau. Grâce à elle, je ne suis détenu au poste que comme «chien perdu retrouvé».

La meilleure de cette journée rocambolesque, c'est lorsqu'un policier a déplacé ma voiture. Il en est ressorti avec quelque chose dans la main. J'ai cru que c'en était fait de moi. Rien de tel! Il m'apportait un petit porte-monnaie.

— Ce n'est pas prudent de laisser de l'argent dans la voiture.

J'en prends bonne note, monsieur l'agent. La preuve est faite, Dieu existe!

Avec tout ça, je fumerais bien quelque chose d'illégal. Je n'ai plus de nerfs. Je suis dépossédé de toute dignité depuis que je traîne l'étiquette du DEMEURÉ. L'abîme de la folie me tend les bras et m'invite à m'y blottir. Je veux voir Ali.

En attendant, le temps s'écoule lentement. J'ai déjà englouti trois cafés. Il suffit que mon corps tangue de gauche à droite pour sentir le liquide se promener en moi comme dans un bocal. Le poste est tranquille. Il y a un va-et-vient discret dans le corridor. Personne ne semble me prêter une attention particulière. J'imagine que je pourrais simplement sortir d'ici et personne ne m'en empêcherait. Seulement ma conscience.

Maur arrive enfin. Elle évite mon regard. Elle agit comme si elle ne m'avait pas vu. Je lui envoie la main comme un gamin retenu dans le bureau du directeur. Oui, maman, il semblerait que j'ai commis une grosse bêtise, mais j'ignore ce que c'est. Juré craché!

La procédure d'identification se déroule de manière informelle. Les agents affichent tous des petits sourires narquois qui m'humilient. *Regardez-le, ce pauvre type! Il y a des femmes qui sont vraiment désespérées.* C'est ça! Allez-y, marrez-vous! Moi, je sais que vous manquez une sacrée occasion de démanteler un réseau de trafiquants.

Après avoir consenti à une série d'engagements et de conditions, je recouvre ma liberté. Maurianne me tire dehors comme un poids mort. Nous allons à la voiture. Ma mandataire déverrouille la portière. Avant de prendre place dans le véhicule, elle examine la carrosserie. Elle fixe un moment la portière, puis elle me jette un coup d'œil interrogateur. Afin de respecter sa loi du silence, je cligne des yeux en code morse pour lui expliquer que je ne sais pas comment ça s'est produit. Elle secoue la tête puis entre dans l'auto.

15 heures 30, vendredi 14 septembre 2001, naufrage
Je prends place du côté passager en posant les pieds sur le fouillis jonchant le plancher. Je ne pourrais pas qualifier le sentiment qui anime Maurianne. Il y a une certaine neutralité dans les traits tirés de son visage. Elle ne veut rien dire pour l'instant. Elle m'offre une occasion d'expliquer mes déboires. Je dois tirer profit de cette opportunité afin d'en finir avec cette funeste mésaventure.

— J'ignore ce qui s'est passé. J'en ai perdu un sacré bout.

Maur ne répond pas. Elle roule tout doucement dans le stationnement du poste. Elle s'engage prudemment sur la route. Elle conduit comme une octogénaire myope. Elle regarde fréquemment dans son rétroviseur, puis soudain, elle donne un grand coup d'accélérateur. Une fumée grise s'élève de la chaussée. Les pistons du moteur cognent dans le capot. Puis, madame *Villeneuve* freine brusquement. J'évite de justesse de me fracasser le crâne sur le pare-brise! Je n'échapperai pas à une bonne correction. J'ai droit à une retentissante claque en plein visage. La douleur est vive sur ma joue. Je ne bronche pas. Pire, je la provoque sur un ton désinvolte.

— Et toi, ça va? Tu ne t'es pas trop ennuyée de moi?

Furibonde 1re se déchaîne. Elle me mitraille de coups de poing sur tout le corps. Je ne me protège pas. Chacun de ses coups est une délivrance. J'ai enfin ce que je mérite. Allez, frappe-moi jusqu'à ce que ta colère expire.

Devant mon inertie, Maurianne cesse de me battre. Elle reprend la route avec une soudaine placidité. Elle poursuit sa politique du silence. Moi, j'en ai assez. Pourfendons son mutisme.

— Dis, on pourrait acheter du tabac et du papier. J'ai le goût de fumer.

— Et bien, t'es culotté, toi! Est-ce que j'ai le mot CONNE d'étampé dans le front?

— Non, c'est plutôt: colère!

— Ne me fais pas regretter de t'avoir sorti de la merde dans laquelle t'étais empêtré. L'inspecteur m'a parlé de la conversation qu'il a eue avec toi. Il était prêt à transférer ton dossier à un hôpital psychiatrique. MERDE! Franchement, Christophe, lui dire que tu étais un représentant pharmaceutique qui s'apprêtait à traverser la frontière avec des médicaments expérimentaux pour le compte de la CIA. Tu pousses un peu fort!

— Ce n'est pas faux.

— Christophe! On n'est plus au poste! Tu peux arrêter de faire le débile.

Je pousse du pied les cartes routières et laisse apparaître les pilules du mal.

— C'est quoi ça?

— Une partie du mystère de ma disparition. D'ailleurs, je vais tenter une expérience. Je vais en avaler une poignée. Si je m'égare, tout ce cirque est imputable à ces pastilles.

Maurianne veut m'empêcher d'ingurgiter les comprimés, mais c'est peine perdue. J'ai tout gobé d'une traite! Maur fronce les sourcils. Son esprit s'emballe: un et un font quatre dans sa tête pendant que dans la mienne tout fait «crac»!

Le silence retombe sur nous pendant un bon moment, le temps nécessaire à ma jolie geôlière de rassembler ses esprits et de s'engager comme un chauffard sur l'autoroute. J'en profite pour anéantir le mur de l'incommunicabilité.

— Tu me connais très peu, Maur. Je mène une double vie. J'ai plusieurs identités pour couvrir mes activités. Mon nom d'agent fédéral est Christophe Frappé. Pour les espions du Mossad, je suis Saïd Al Débile Léger.

— CHRISTOPHE, ARRÊTE!

— Je m'excuse. Je dis n'importe quoi. La vérité, c'est que je ne suis pas Saïd Al Débile Léger, pour les moudjahidin, mais plutôt Miguel Ponderosa pour les milices du cartel de Medellín. Je plaisante. Je ne suis pas fou ni embrouillé. Je suis amnésique. Je suis désolé.

— Arrête de t'excuser ! Avec l'enfer que tu m'as fait vivre… Et puis c'est quoi ces pilules ? Tu fais dans le trafic de stupéfiants ? C'est après ça que court ton gentil copain Wali ? T'as une dette envers lui et il t'oblige à passer de la drogue à la frontière ?

— Wali ?

— Oui, Wali ! L'enculé d'en face ! Ton dealer de merde !

— Il s'appelle Ali…

— JE M'EN TAPE ! Il pourrait s'appeler trou-du-cul que ça ne changerait rien à tes histoires de fous ! Hé ! Attends un peu… C'est les pilules que tu voulais me faire avaler ?

Maurianne me regarde, interloquée, puis son visage se commute en tête de taureau enragé. Elle me roue encore de coups de poing. La voiture zigzague sur l'autoroute. Un concert de klaxons tente de nous ramener à l'ordre. Maur n'entend rien et continue à me tabasser.

Au bout d'un moment, ma tortionnaire immobilise la voiture sur l'accotement. Elle appuie sa tête contre le volant et respire à fond. Elle reprend ses esprits.

— C'est quoi au juste ? Est-ce que tu vas faire une overdose ?

— On le saura bien assez vite ! Pour l'instant, je ne ressens rien.

— Ton dealer est venu à la maison, hier soir. Quand je lui ai dit que tu avais disparu depuis deux jours, il ne m'a pas cru. Il m'a menacée, Christophe. T'entends ? Il m'a dit que des gros bonobos dans mon genre, il savait les faire parler. Qu'est-ce qui se passe?

— Je n'en sais rien, Maurianne.

— Arrête de faire le con avec moi, Christophe! On n'est plus au poste de police. T'as plus à faire le schizo amnésique. Tu peux tout me dire. Je veux comprendre.

— Il n'y a rien à comprendre, Maur. Je suis allé voir mon oncle. Et après, plus rien. Je me suis réveillé face contre terre dans une halte routière avec des dragées surprises dans la voiture. Je suis sûrement la victime d'un coup monté.

Mes oreilles bourdonnent. Mes yeux s'embrouillent. Je pose mes mains sur le pare-brise et sens que je vais m'évanouir. Je vomis à grands bouillons dans le coffre à gants. Une odeur acidulée se propage dans tout l'habitacle. Maur me somme de sortir. J'ouvre la portière et m'écroule au sol.

Maurianne bondit hors du véhicule et se précipite sur moi. Je n'ai plus de contrôle sur rien. Mon corps ne m'appartient plus. C'est une entité inhabitée qui ne me retient que par un fil de bave. Mon esprit veut s'envoler. Je me libère de mon être. Je m'envole.

Ma sauveteuse enfonce ses doigts dans ma bouche. Involontairement, je la mords. Elle maintient ma langue sur ma joue gauche. Je suis en convulsions. Tout s'éteint... Puis, je reprends connaissance. Maur tient ma tête sur ses cuisses. Elle est couverte de vomi.

Je me sens mieux. Tellement que je me lève d'un bond. Maurianne me regarde, médusée. Elle est sur le point d'exploser. Je ne comprends pas. J'ai vomi, c'est tout! Il n'y a pas de quoi en faire un drame.

J'enlève mon chandail et le lance dans le fossé. Je retire mes chaussures et les balance par-dessus ma tête. Je me débarrasse de mon pantalon et l'expédie sur la chaussée. Une série de voitures roulent dessus. Il est maintenant repassé. Grisé par un sentiment de liberté, je baisse mon slip et prends des poses de culturiste pour les automobilistes. Je reçois une ovation de clairons.

Je déplace mes mille kilos avec l'élégance d'un éléphant de mer. La scène se déroule au ralenti. Je joins mes mains au-dessus de la tête et cours, triomphant, le long de l'accotement. J'entends un chœur entonnant la chanson de Queen : *We are the champions!*

Les mêmes voix m'encouragent à poursuivre mon chemin. Je bifurque sans hésiter sur la chaussée en intimant à chaque voiture d'arrêter.

« Libérez-vous de vos chaînes ! Abandonnez vos vies d'esclaves ! Abattez les bourreaux du mécanisme social ! Joignez-vous à la résistance ! Votre existence doit rayonner à la mesure de vos espérances et non être à la démesure de vos cartes de crédit ! Ne soyez plus un commun des mortels, soyez immortels ! *Cryogelez*-vous ! »

9 heures 30, lundi 17 septembre 2001, la finale
On m'a fait un lavement d'estomac, on m'a gardé aux soins intensifs pendant quarante-huit heures et maintenant, je suis remisé dans une salle d'observation. J'ai été victime d'un choc toxique. Ils sont en train d'analyser les pastilles d'Ali. Ce n'est pas la peine d'insister, la cause de mon coma vient des graines de tournesol du garagiste.

L'obtention de mon congé est conditionnelle à mon évaluation psychiatrique. Après, je serai traduit devant les tribunaux pour trafic de stupéfiants, méfait public et autres accusations graves dont je me lave les mains. Pour l'instant, mon état de santé me préoccupe davantage que leurs pacotilles juridiques.

En attendant ma dissection mentale, je profite de mon immobilité pour tenter de remettre de l'ordre dans mon esprit. Il m'est difficile de réfléchir dans cet environnement hostile. Ma détention me cause une véritable paralysie cérébrale. La civière me garde captif avec ses barreaux relevés. On craint que je m'évade et que je commette l'irréparable.

Maurianne a veillé sur moi durant mon coma et elle le fera aussi longtemps que durera ma détention. Elle m'a quitté ce matin, histoire de boire un bon café à la santé de son taré préféré.

J'ignore si elle comprend l'ampleur du complot qui se trame sur mon compte. Je l'ai vaguement mise au courant du processus tordu qui mène à l'internement des individus divergents. Depuis, elle garde un œil ouvert et l'autre en pleurs.

Je savais qu'on me débusquerait et m'internerait. C'était inscrit en lettres dorées dans mon karma. C'est le sort réservé aux esprits libres dans ce monde pourri. Les hautes têtes dirigeantes savent qu'un élément subversif doit être coffré sur-le-champ. Et avec les attentats du 11-Septembre, les choses n'iront pas en s'améliorant.

Une société comme la nôtre ne saurait que faire d'un individu qui prône l'émancipation des masses opprimées. Notre société, telle que constituée, carbure à l'inégalité et promulgue la loi du plus fort.

Plus j'y pense et plus je crois qu'Ali n'est pas dans le coup. Ma jolie en doute. Ça ne m'étonne pas. Sa réserve est l'œuvre des Grands Conspirateurs. Ils l'ont contaminée ; ils la manipulent. D'ailleurs, toutes les données sont trafiquées pour me maintenir hors circuit. Les Séditieux ont même déclenché un pseudo-attentat à New York pour détourner l'attention du monde sur le braquage de la station de la Gare. C'est leur stratégie pour me déclarer fou. Si je me tire d'ici, je vais mettre à jour cette mascarade. Je vengerai les morts. Tiens, voilà Maur.

— Bonjour, Christophe !

— Salut, compagne d'armes !

Maurianne me prend la main. Elle me sourit tendrement. Ce sourire, il m'arrache le cœur. Des larmes coulent sur mes joues. Maur, ils espèrent nous séparer, mais je ne les laisserai pas faire. Ils ne nous auront pas vivants.

— Tu vas rencontrer le psy, mon beau petit cul ?

— Ça doit se produire cet après-midi.

— Christophe, je vais te confier quelque chose.

— T'as maigri.

— Euh… Oui. Disons que les récents événements ont résolu mon problème de poids. J'ai perdu cinq kilos en une semaine.

— Recule-toi et tourne…

Maur affiche un petit sourire timide. Elle est belle. Elle exécute un petit pas de danse et revient près du lit. Elle parcourt de sa main la barrière qui me garde captif.

— Avant, cette robe me serrait à la taille, mais maintenant, elle tombe. Mais qu'est-ce que je dis… J'ai vu notre avocat ce matin. Il a eu une rencontre avec le procureur qui est saisi de notre affaire et il m'a rassurée.

— Comment, NOTRE affaire?

— Il a fait de son mieux. Avec ma déposition et à la lumière des preuves… Enfin, il n'y a aucune charge retenue contre moi.

— ILS T'ACCUSAIENT DE QUOI AU JUSTE, CES ORDURES?

— Calme-toi, Christophe. Maître Benoît va rencontrer le médecin chargé de faire ton évaluation. Ils se connaissent bien, si tu vois ce que je veux dire…

— Ils sont de connivence, ces porcs. Ils orchestrent bien ma mise au placard. Maurianne, j'ai un plan.

— Oui, Christophe?

— Je vais jouer leur jeu. Je crois que c'est la seule solution pour me sortir d'ici.

— Tu joues un jeu, mon beau petit cul?

— Bien sûr.

Ma jolie ne sait plus quoi penser. Pauvre amour… Tantôt elle tique un sourire, tantôt elle fronce les sourcils. Elle s'approche de moi et attend ma confidence.

— Être cinglé réglerait bien des choses, non?

— Les débiles n'ont jamais tort, Christophe… J'en suis même venue à te pardonner pour toute la merde que tu me fais endurer.

— Maurianne, est-ce que tu me crois cinglé?

— Je le souhaite de tout cœur, mon pauvre petit cul. Sinon, tu es bon pour une décennie en prison. Avec la liste des charges retenues contre toi, tu n'es pas sorti du bois. Par contre, avec une maladie…

Maur me télégraphie un signal clair quant à l'attitude à adopter. Je jouerai la carte de l'aliénation mentale. Cette perspective ne me sourit guère. Me voilà acculé au pied du mur. Ils m'ont bien baisé. Je me retrouve en face d'un cul-de-sac bordé par deux falaises. D'un côté, on me coffre en prison pour dix ans, de l'autre, on m'interne pour une période indéterminée. Je suis piégé.

D'après ma jolie, il serait plus sage d'être dément. L'internement me donne la possibilité de réduire mon temps de mise au rancart. C'est une bonne stratégie qui comporte un risque. La Grande Conspiration a des ramifications partout. Ils ont sûrement prévu le coup et me maintiendront à l'asile jusqu'à la fin de mes jours. Une chose à la fois! Je m'occupe d'abord de confondre le psy, qui est probablement un agent, mais bon. Et puis j'aviserai.

— Christophe, à quoi penses-tu?

— Il serait peut-être temps qu'on abaisse les barrières de ma civière.

— On m'a dit que tu as encore des convulsions. Il t'arrive de tomber du lit.

— QU'ILS ME COUCHENT PAR TERRE, BANDE DE BOURREAUX!

— Christophe, n'en fais pas trop, tu veux! Pas devant moi.

— J'exige un lit sans barreaux! Je ne suis pas en geôle, mais en centre hospitalier! J'exige une plus grande hospitalité, bordel! Je suis peut-être un consanguin débile, mais on ne réglera rien en me plaçant dans un lit de poupon.

— Arrête de faire l'enfant, mon beau petit cul! Ils vont finir par t'attacher!

Il ne manquerait plus que ça, la camisole de force. Plus j'y songe et plus je perçois les stigmates du complot. Les Conspirateurs ont permis des manipulations génétiques impliquant ma mère et son frère. Ils ont voulu générer une nouvelle race d'humanoïde résistant aux catastrophes qu'ils ont créées de toutes pièces.

— Christophe, qu'est-ce que tu fais?

— J'essaie de me lever. J'ai envie d'uriner. Je ne veux plus de la bassine.

— Déconne pas. Il faut appeler l'infirmier.

— Il faudrait l'oublier un peu, celui-là! Il m'empêche de bouger. C'est un castreur à la solde de mes détracteurs. Allez, aide-moi.

— J'appelle de l'aide.

— Maurianne! Tu vois qu'il n'y a personne au poste! Ils profitent de ta présence pour abandonner le navire. C'est un exemple du virage ambulatoire. Ils déambulent dans les couloirs pendant que la famille se charge du travail.

— Je ne te suis pas, là…

— Je répète mon numéro d'aliéné.

Maurianne taponne un peu partout sur les côtés de la civière. Elle cherche le moyen d'abaisser les barreaux. Elle *créole*! Si les barreaux n'obéissent pas, j'en connais qui vont finir en tuyau de plomberie.

Un vacarme mécanique fait tomber les murs de ma prison. Maur affiche un petit air triomphant. Elle vole aussitôt à mon secours. Après quelques manœuvres, manière paraplégique, je réussis à me tenir debout sur mes deux jambes. Avec l'aide de ma jolie complice, je me dirige vers un coin de la salle. Elle jette des regards inquiets vers le poste de travail des geôliers. Il n'y a personne.

— Tu vas où, Christophe?

— Au petit coin.

Je relève un pan de ma jaquette et me soulage sur le plancher. Maurianne sursaute en réprimant un cri.

— Bordel de merde! Mais qu'est-ce qui te prend?

— Je brouille les pistes.

Ma beauté des Îles s'éloigne de moi. Elle se précipite au poste des infirmières et crie pour obtenir de l'aide. Si elle continue à se comporter comme une hystérique, c'est elle qui va être internée.

Une tête surgit de derrière le comptoir. Les yeux ahuris, l'infirmier bondit de sa cachette et vient perturber ma tranquille miction. Il m'engueule en tentant de mettre une bassine sous mon jet. J'évite le récipient avec l'agilité d'un sapeur-pompier. Et puis, comme souhaité, je l'asperge.

— Mon maudit cochon! Retourne vite dans ton lit!

Cet infirmier est grossier. Je mérite qu'on me traite selon la convention de Genève sur les prisonniers de guerre. Nous ne sommes pas dans une dictature tiers-mondiste.

— Je veux parler à votre supérieur!

— Je veux que tu ailles te recoucher sur ta civière!

Je cherche Maurianne. Elle m'a abandonné. Je marche vers la porte donnant sur le corridor. L'infirmier me prend par l'épaule. Je ne sais pas ce qui se passe avec moi. J'interprète son geste comme une agression. Une violente colère m'envahit. On jurerait que vingt-cinq années de frustration se concentrent dans mon bras droit. Je ferme le poing et le lui balance en pleine gueule. Mon geôlier s'écroule par terre. Je rassemble toutes mes énergies et quitte la salle en vitesse.

Dans le corridor, la circulation est dense, mais il n'y a pas de trace de ma Maur. Je me dirige aussitôt vers l'ascenseur en distribuant des sourires et en singeant que je vais fumer à l'extérieur. Ils me regardent avec cet air de dire qu'ils s'en fichent pas mal.

Maur m'attend sûrement dans la voiture. Elle a compris le but de ma pitrerie? Ces cris, ces appels à l'aide? Une tentative de diversion? Maurianne m'impressionnera toujours. Elle est futée!

J'emprunte l'ascenseur de service. J'aboutis dans un vestibule où il y a une porte de sortie. Par chance, je me retrouve dans un large stationnement extérieur. Je suis libre!

Maurianne aurait dû me fournir la position de notre voiture. Ce ne sont pas les véhicules qui manquent. Et après, on se demande pourquoi la couche d'ozone régresse à un rythme effréné. À moins que ce soit une autre fumisterie des Conspirateurs.

Sans indice, je m'en remets à mon instinct. Je me faufile entre les voitures garées en essayant de ne pas être repéré. Je me dirige au bout du parking. Il y a une zone pour les taxis. Je connais ma Maur. Fidèle à ses habitudes d'enquiquineuse, elle doit y être.

J'ai une veine de sourcier. J'aperçois au loin une voiture stationnée à cheval sur une démarcation. C'est signé! Mes yeux s'embrument. Je suis sauvé. Je serai bientôt un homme libre.

Je fonce vers la bagnole avec l'énergie du désespoir. J'entends pétarader son moteur. Le conducteur s'apprête à partir. À une dizaine de mètres du véhicule, je trébuche. Je roule comme une boule de billard jusqu'aux roues arrière de l'auto. Soudain, les lumières de marche arrière s'allument. Je tente une esquive, mais mon corps refuse d'obéir. Par chance, l'automobile s'immobilise à quelques centimètres de mes jambes.

Je rampe du côté passager. La portière du conducteur s'ouvre. Je vois un pied descendre de la voiture. C'est une chaussure d'homme. Ce n'est pas Maurianne ? Ce n'est pas ma voiture. J'ai été dupé par la méthode de stationnement.

Le conducteur va à l'arrière de l'auto. J'en profite pour me rendre devant. Je surmonte un petit terre-plein et attends que l'homme revienne dans son véhicule. J'en profiterai pour le frapper avec sa portière et m'évaderai avec son auto.

L'inconnu remonte dans la voiture. Je n'arriverai jamais à temps pour le rabrouer avec la portière. Il faut que je trouve un moyen de le retenir. Je l'apostrophe.

— T'es qu'un sale tricheur !

La portière demeure entrouverte. Je rampe comme un serpent en chasse vers la porte et la referme violemment. L'homme hurle de douleur. J'ai coincé sa jambe. Je ne l'ai pas propulsé vers l'intérieur.

Il y a quelque chose qui cloche dans le scénario. Je change de stratégie. Je rampe encore jusqu'au terre-plein. Après la bande de ciment, il y a une légère dénivellation. Le petit talus finit dans un fossé qui marque une démarcation entre la tourbe et un boisé. Je me laisse rouler. J'aboutis dans un ruisseau vaseux. L'eau est glacée. Je ne bouge plus. Je ne veux pas être découvert par l'homme de la voiture.

— Hey, le malade ! Qu'est-ce que tu cherchais à faire ?

Le conducteur m'a repéré. Il semble furax. Il se dirige vers moi en titubant. Je rampe dans une boue sulfurée, froide comme la mort. L'homme me somme de m'immobiliser. Je fige.

— Ne bouge pas, je vais aller chercher quelqu'un.

— Bien sûr… Un agent de la conspiration peut-être !

L'homme s'éloigne et en interpelle un autre. Je profite de son inattention pour me glisser plus loin.

— Hey !

Je fige instantanément. Puis, dès qu'il regarde ailleurs, je m'éloigne un peu plus. Nous jouons au chat et à la souris jusqu'à ce que je gagne un tuyau de drainage de l'eau de pluie servant de viaduc. Je m'y enfonce comme un blaireau. Je tremble de froid. En retirant ma jaquette d'hôpital, j'endosse le costume d'Adam. Voilà à quoi ils m'ont réduit, les ordures de la Grande Conspiration. Je jure qu'ils me le paieront.

Un tohu-bohu se fait entendre en écho hors de ma cachette. Des voix communiquent au moyen d'un émetteur radio.

Il ne doit pas être bien loin.

Il a peut-être filé dans le boisé.

Tcheuuuu… Qu'est-ce qui se passe, Daniel ? Tcheuuuu Code 99 dans le stationnement des employés. Code 99.

Tcheuuuu… On a déjà toute la sécurité dans le pavillon C pour un code 55-55. Il y a eu une agression. Qu'est-ce qui se passe dans le stationnement ? Tcheuuu

Un patient rôde en jaquette dans le parking.

Tcheuuuu Oh… Trouve-le, je t'envoie du renfort ! C'est sûrement celui qui a agressé un infirmier.

Le prisonnier ne peut rester terré dans sa planque, car il sait très bien qu'il sera débusqué dans quelques secondes. Il doit agir. Et en tant qu'une seule et même entité.

Je regroupe mes esprits et me déplace avec peine. Je surgis de l'autre côté du tuyau d'égout et remonte le talus. Par-dessus les voitures, j'aperçois trois hommes qui scrutent frénétiquement l'horizon. Je vais mettre un terme à leur recherche. Je suis le Christ se livrant aux soldats du Temple. Je dois faire face à mon destin. La fuite n'est pas une solution.

— Il est là !

Eh oui, je suis las. Je me livre sans résistance et sans habit. Je n'ai pas l'étoffe d'un sauveur.

— Ne bougez plus !

Deux hommes en uniforme s'approchent avec prudence. Je me demande pourquoi autant de précautions. Il me serait difficile de dissimuler une arme en costume d'Adam. Je les rassure comme je peux en leur chorégraphiant mes intentions pacifiques. Je roule comme un primate, me gratte sous les aisselles et sur la tête comme un gorille. Je communique dans le langage de mes agresseurs. Quelques cris primaires les gardent en respect. Je constate avec satisfaction que mes singeries adoucissent les mœurs.

— Christophe !

C'est Maurianne ! Elle court en ma direction. Je cesse ma prestation de macaque en chaleur et lui tends une main tremblante. L'enfant perdu retrouve sa lumière. Maur est là. Je ne crains plus rien. Je ne veux qu'elle ! Je me veux près d'elle. Je la veux pour moi sans que rien nous empêche de nous enlacer.

— Maurianne! *Créole*-les!

— Quoi?

— Fais-les disparaître avec tes insultes en créole! Épice-les avant qu'ils nous *cayennent*!

— Mon pauvre petit cul! Je ne parle même pas créole! Comment veux-tu que je sache parler créole? J'ai grandi avec ma mère!

— Je ne comprends pas. Tout ce temps, tu me disais quoi?

— Madame! Restez à l'écart!

Maurianne n'entend rien. Elle se jette sur moi et me couvre de baisers. Les agents s'élancent sur nous. Ils veulent nous séparer. Je ne les laisserai pas faire. Arrière, suppôts de la Grande Conspiration! Personne ne me séparera de ma Maur! Personne ne peut me séparer de ce qui me retient à la vie!

Les salauds m'arrachent des bras de ma jolie. Je me débats avec l'énergie du désespoir. Je suis cuit. Ils ont obtenu de moi ce qu'ils voulaient. Je passe maintenant pour un fou à interner. Je n'ai donc plus rien à perdre. Je frappe, je mords, je crie à m'en déchirer l'âme. Mes agresseurs sont sans pitié. Ils m'enlèveraient la vie s'ils le pouvaient. Et si c'était l'issue du combat…

J'agrippe un des agents. Je resserre mes mains autour de son cou. Il me frappe au visage. Je suis K.-O. J'entends les cris et les pleurs de ma Maur. Elle me somme de cesser de résister et insulte les agents. Un des hommes me ramène un bras derrière le dos tandis qu'un autre tente d'immobiliser mes jambes. Je suis maîtrisé. J'ai perdu la bagarre. Je suis une loque, un lâche, une larve, une poussière.

J'en ai assez! Pour une fois dans ma vie, serait-il possible que je puisse être le vainqueur et non le vaincu? Je serai le maître de jeu. Je veux m'évader et regagner ma jolie. Je désire reprendre la vie là où elle avait encore un sens. Je veux rêver, je veux baiser, je veux bouffer, je veux respirer les parfums de l'enfer, je veux vivre librement sans les obstacles de la Grande Conspiration, je veux être libre!!!! LIBRE!!!! LIBRE!!!!!!!!!

Je monopolise toute ma force vitale pour me défaire de l'emprise des agents. Je deviens Samson. Je détruirai l'arène de ma capture et la ferai s'écrouler. Je suis saisi par les cheveux et frappé à coups de matraque dans les jambes. Je libère des cris de rage qui me donnent le courage nécessaire pour me battre jusqu'à mon dernier souffle. Quatre hommes ne suffiront pas pour me maîtriser. Je les tuerai tous!

Mon cœur s'emballe, mes artères se dilatent, mes poumons se compriment. Je suffoque et ma tête s'enlise dans un nuage de brume. Il y a une odeur de mort imminente. La prise des agents m'étouffe. Leurs coups me brisent, leurs poids m'engouffrent dans le sol. Je suis inhumé par une masse inhumaine. Je croise à la volée le regard de Maurianne. Est-ce ici que tout finit? La suffocation m'emporte dans une plage de béatitude. Dans mon esprit se bousculent des souvenirs idiots et une sensation étrange de volupté. Je ne crains plus la mort. Elle est douce comme du miel, dorée comme l'été. Pourquoi l'ai-je tant redoutée? Un voile me recouvre. Sur ma bouche, un souffle de l'enfer me rappelle l'haleine chaude des baisers de Maurianne. La terre est froide, mon corps est sans vie et mon esprit s'élève.

Table

Suivez-nous :

GARANT DES FORÊTS
INTACTES

Achevé d'imprimer en février deux mille dix-sept
sur les presses de l'imprimerie Gauvin,
Gatineau, Québec